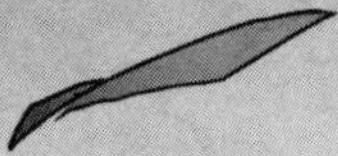

魔力が無いと言われたので独学で最強無双の大賢者になりました!

He was told that he had no magical power, so he learned by himself and became the strongest sage!

Yukihana Keita
雪華慧太

Illustration
ダイエクスト

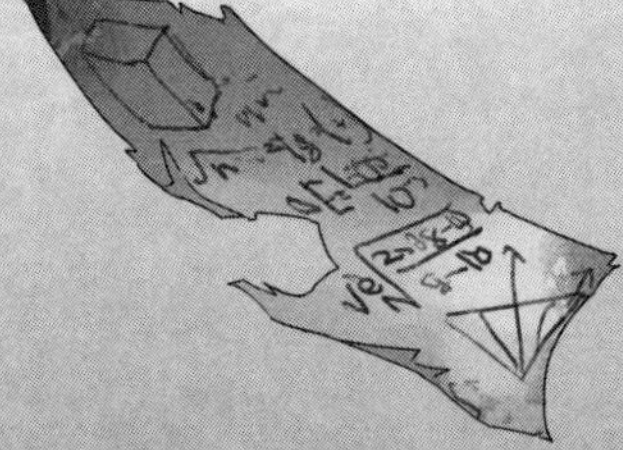

エミリア
大国アルディエントの王女。
ルオの元婚約者で、
国の在り方に疑問を抱く。
フレア
勝気な
上級騎士爵家の娘。
ルオの強大な力と
野望を知り、
共に下克上を狙う。
ルオ
元数学者の転生者。
魔力が計測されず
公爵家から追放された。
名をジークと偽り、
未知の力で成り上がる。

ゼギウス
ルオの父にして宰相。
アルディエント
最強の存在で、
ある野心を秘めている。
レオニード
エミリアの
現在の婚約者。
士官学校の新入生の中で、
トップ入学を
目されている男。
ジュリアス
ルオの異母兄で、
士官学校最強の生徒。
その力は国の
英雄すら凌ぐ。
主な登場人物
Main Characters

1、プロローグ

宇宙の真理を解き明かすもの、それが数学だと信じてきた。

でも、おかしなものだ。実際は宇宙の真理どころか、自分の運命さえ予測が出来なかったんだから。

もちろん俺は神じゃない。そんなことは当たり前の話なんだが、こうやって死にかけているとそれを実感する。

それにしても、まさか僅《わず》か二十九歳で死ぬとは思ってもみなかった。

最近提出した論文が認められて、数学者としてようやく人生をスタートしたばかりだっていうのに。

「先輩！　裕哉《ゆうや》先輩!!」

同じ大学に勤める後輩の詩織《しおり》が、俺に叫んでいるのが聞こえる。

大学生の頃からの友人で、今日は一緒に昼食をとる約束だったんだ。

そんなに泣くなって……

馴染《なじ》みの店に行く道を歩いていたら、車が突然歩道に突っ込んできた。

数学しか取り柄《とりえ》が無い俺が、漫画に出てくるようなスーパーヒーローになれるわけもないのに、俺は彼女を庇《かば》おうとして車にはねられた。

理屈じゃない。勝手に身体《からだ》が動いたんだ。

俺が夢中で数学の話をしても、詩織は笑って聞いてくれた。

ただの先輩後輩、ずっとそう思っていたのに。いつの間にかその笑顔が好きになっていた。

人生は数学では解き明かせないことばかりだ。

後悔はしていない。

……いや、少ししてるかな。

勇気を出して、彼女に告白をしてみれば良かった。

もう一度人生があるとしたら、今度は悔いの無い人生を送ろう。

俺の手を握って涙を流す詩織のことを眺めながら、そう思った。

それが俺の一度目の人生での最後の記憶だ。そして……

◇◇◇

「ルオ、貴様のような無能者は我がファルーディア公爵家の人間ではない。今日限りお前はこの家とは関係の無い人間だ」

二度目の人生で、俺は五歳の時に父親からそう宣告された。

強い魔力を持つ者は将来が約束される世界、エファーリシア。

俺が生まれたのは、大国アルディエントの王家の血を引く名門貴族、ファルーディア公爵家。

その家の長男、ルオとして俺は二度目の生を歩み始めた。

誰もがうらやむ身分だ。

前世の記憶が、どうして残っているのかは分からない。

だが、俺はこの世界で僅か五歳の時に、無情にも父親に見捨てられた。

「第五等魔法格《まほうかく》など、我が公爵家にはあってはならぬ魔法格。誉《ほま》れ高いファルーディア家の跡取《あとと》りにすることなど到底《とうてい》出来ん！」

「お、お父様……」

俺は思わず黙り込んだ。

この国では、五歳になると魔法格試験を必ず受けなければならない。それまではまだ才能の揺らぎの可能性があるそうだが、五歳になれば大抵の場合、その人間の魔法の才能を測ることが出来る。

その階級は魔法格と呼ばれ、第一等から第五等まで厳しく序列がつけられている。

第一等魔法格の人間の将来は約束されている。中でも最上位に位置する者は、英雄クラスの力の持ち主だ。

もしも英雄クラスの力を持っていれば、平民であっても貴族に取り立てられることすらある。英雄クラスの力は無くても、第一等魔法格ともなればエリート人生は保証されている。

第二等魔法格ならば国軍の士官である上級騎士や魔導士《まどうし》、もしくは上級の役人に取り立てられる者が多い。

第三等魔法格は中流階級。

第四等魔法格は過酷な労働に従事する者が多い。

そして俺が判定された第五等魔法格、これは普通ならあり得ない魔法格だ。この世界でも、今までに数人しか判定を受けたことが無い。

俺からは魔力そのものが全く測定されなかったのだ。

魔法、魔術、魔導……呼び方は様々だが、その類のものを使えないということである。

「魔力が無い者などゴミクズに等しい。お前の顔はもう見たくない、二度と私の前に現れるな」

俺の父親は第一等魔法格、その中でも最上位に位置する力を持つ、王国の英雄の一人だ。

それでなくとも親族の多くが第一等の魔法格を持つ、公爵家。俺の存在自体がこの家の恥なのだ。

母は父の傍で泣いている。俺はその時、気が付いた。

母はずっと父に嘘をついていたに違いない。正直俺も驚いた、自分には魔力があると思っていたからだ。

魔法格試験の前にも、この家で魔力を測定したことがある。その時は、確かに魔力があったのだから。

きっと、母と数名の侍女たちが、魔力の測定器に細工《さいく》したのだ。

ギリギリまで必死の思いで隠してきたのだろう、最近の母は日増しにふさぎ込むようになっていた。

「貴方《あなた》！　悪いのは私です！　この子は何も知らなかったの!!　どうか罰を与えるのなら私に……お願いです」

「黙れ、オリヴィア！　隠していたのが問題なのではない！　このような出来損ないのゴミが、我が公爵家に生まれたということ自体が問題なのだ!!」

ゴミ……

思えば母は、俺が魔法の勉強をすることを許さなかった。

「貴方はまだ子供なのよ、魔法なんてまだ早いわ」と言って。

目を伏せている侍女たちの姿を見て、俺はその理由もこれにあったのだとようやく気が付いた。

「ルオ……ルオ、私の可愛い坊や」

まるでうわごとのようにそう言って気を失う母の姿。

「出ていけ、お前はもう公爵家の人間ではない」

冷徹《れいてつ》に俺にそう言い放つ父。息子ではなく、虫けらを見るようなその目。

いや虫ですらない、ゴミクズを眺めるようなその眼差《まなざ》し。

身体が震えた。

父の言うことは絶対だ、逆らうことなど許されない。

この家を出れば、二度とまともに口を利ける相手ではなくなる。

住む世界が違う人間になるのだ。魔法格が決めた最上級階層と最下級階層の人間として。

「分かりました、お父様。どうかお母様を責めないでください、悪いのは魔力も持たずに生まれてきた僕なのですから」

それは、この家で俺が最後に言えた精一杯の強がりだった。

前世の記憶がなければ、僅か五歳でこんなことを言われて精神がどうにかなっていたかもしれない。

涙を流して意識を失っている母。己の名誉の為に俺を見捨てた男の冷酷な顔。

拳を握りしめる。悔しさと悲しさと、そして沸き上がるような怒りと憎しみ。

俺は一生忘れることが出来ないだろう。

自分の中から温かい何かが消えていく感覚。

言い知れぬ喪失感《そうしつかん》が、俺の中の何かを変えていくのを感じる。

この日、俺は公爵家を追い出され、遠い分家であるトレルファス家に養子に出された。


それから十年。

月日が経つのは早いもので、俺は十五歳になっていた。

俺が養子に出された先のトレルファス家は、上級騎士爵の家柄。

ファルーディア公爵家とは遠縁《とおえん》の親戚筋ではあるが、その関係は親戚というよりは臣下《しんか》と言った方が正確だろう。

初めの三年はまるで針のむしろだった。

トレルファス家に俺が預けられたのは恩情《おんじょう》ではない。外聞《がいぶん》を恐れ殺すことまでは出来ない邪魔者、存在自体が恥である俺を生涯《しょうがい》閉じ込め監視する家。その役割を与えられたのが、トレルファス家なのだから。

俺を見る者たちの目には、憐《あわ》れみと嘲《あざけ》り、それらが入り混じった感情が浮かんでいる。

トレルファス家の人間たちも、僅かながらではあるが公爵家の血を引いているだけはあり、魔法格は一等には及ばないが二等の人間ばかりだ。

本家の血筋でありながら、第五等魔法格を持つ俺への嘲り。それは口に出されずとも分かった。

三年が過ぎる頃にはそんな扱いにも慣れた。

トレルファス家の離れの一室を与えられた俺は、ただひたすら一つのことに没頭《ぼっとう》していた。

『第五等魔法格に関する研究』

そう記された文献。

これだけではない、俺は第五等魔法格に関する資料を出来る限り集めた。

意味の無い研究に没頭させておけば問題も起こさないと思ったのだろう、資料を集める許可はおりた。

俺はひたすらにその資料を読み、魔力が無い異端《いたん》、第五等魔法格についての研究を続けた。

そこにしか救いが無かったからだ。

先程の文献にはある一つの仮説が書かれていた。

これを書いたのは、俺と同じ第五等魔法格の人間の一人『バーレン・テルフェニル』という人物だ。

魔力の無い苦しみを背負い、そして一生をその研究に捧《ささ》げた男。

俺はその男が残した仮説の証明の為に、この十年を費やした。

数奇なものだ、俺は真理の探究の為に前世の記憶の中にある数学に頼った。

魔力が無いと言われた俺には、それしか頼るものがなかったからだ。数千冊にも上る俺のノートには、無数の数式が書かれている。

今や俺の部屋の壁全てにまで、数式がびっしりと並んでいた。

一度目の人生でも、ここまで真剣に数学に向き合ったことは無い。

それは真実を求める俺の心の叫びだ。

俺の部屋に入った使用人たちは、最初こそ不気味そうにそれを見ていたが、妄想に取りつかれた哀れな人間とでも思ったのか、暫《しばら》くすると気にも留めなくなった。

俺はノートに『最後の数式』を書き終えると、静かにその本を閉じた。

そして、その日の夜、トレルファス家の当主に願い出た。

「アラン殿。俺は士官学校に通うことにしました、どうかご許可を」

夕食の時間、滅多に口を開くことのない俺が言った言葉に、その場にいる皆は凍りついたようにこちらを見つめる。

この家の当主であるアラン・トレルファスも驚いたように俺を見ていた。

「それは……しかし我らは、ルオ様をお預かりしている身。公爵様がなんと仰られるか」

「それに士官学校へ入学出来るのは、第三等魔法格までと決められています」

アランの妻であるライザは、そんなことも知らないのかと嘲りの目を俺に向けた。

この家にとって俺は厄介者だ。大人しく、一生あの部屋に閉じこもっていろとその視線が語っていた。

俺は答えた。

「ええ、知っています。ですが例外事項がある。入学試験の一つである実戦式戦闘術で優秀な成績を残した者、その人間は魔法格に関わらず入学を許可されるはず。その為に剣の腕も磨いてきました」

この十年、俺は剣の鍛錬を怠《おこた》らなかった。俺がいくら剣を修練しようと、所詮は魔力による肉体の活性化も出来ない能無しだと、周囲の者が陰で笑っていたのはもちろん知っていたが。

ライザが笑った。

「何を馬鹿なことを。第四等魔法格の人間も自信があれば挑めば良いとなっていますが、それは建前です。今や実戦式戦闘術試験は、入学者の序列をつける為の場になっています。誰が最も優秀な新入生なのかを確かめる為の場所。第四等魔法格の人間に入り込む余地はありません。ましてや第五等魔法格などに……」

「ライザ、やめぬか！」

アランはライザを制止した。夕食の場の雰囲気が悪くなっていくのが分かる。

いや、俺がこの場にいること自体がそうさせているのだろう。この十年間ずっと。

「うるさいわね、夕食がまずくなるわ」

ライザの隣に座っている赤毛の少女が、そう口にすると勢い良く席を立った。

際立った美貌《びぼう》を持つ、プライドが高そうなその顔が俺を睨みつけている。トレルファス家の一人娘であるフレアだ。

この家で唯一、第一等魔法格を持つ存在。

「いい加減にしなさいよ！　あんたの為にどれだけ迷惑してるか分かってるの⁉　いいわ、そこまで言うのなら私が相手になってあげる。私も実戦式戦闘術試験には参加する予定だもの。公爵の息子だからって特別扱いされると思ったら大間違いよ。魔力の無いあんたが、どれだけ惨《みじ》めな存在か教えてあげるわ！」

「やめなさい、フレア」

アランは娘をたしなめるように言う。

「だってお父様！　こいつを預かったせいで、お父様がなんて言われているか知っているの？　公爵家に逆らえない男、誰からも疎《うと》まれる厄介者を押し付けられた臆病者《おくびょうもの》だって！」

ぴしゃりと乾いた音が部屋に響いた。アランが娘の頬を打ったのだ。

静まり返る食卓。怒りに染まるフレアの目が俺を射抜いている。

「私はあんたなんかに遠慮はしないわ！　お父様とは違うんだから‼」

俺は美しい顔を歪めてこちらを睨んでいる少女を見つめる。

そしてアランに言った。

「アラン殿、もし俺がご息女《そくじょ》に勝ったら、士官学校への入学の後見人となって頂けますか？」

士官学校への入学には後見人が必要だ。

この家の養子になった以上、トレルファス家の当主に頼むのが筋《すじ》だ。名目上に過ぎないが、今の俺の親なのだから。

アランは暫く考え込んでいたが、やがて頷いた。

「いいでしょう。そこまで仰るのなら、このアラン・トレルファス、騎士の名において誓いましょう。ですが、もし敗れた場合、このような下らぬことを言い出すのはこれきりにして頂きたい」

どう考えても俺には勝ち目が無い。賭けにすらならない話だ。

ライザも不快そうに俺を睨んでいる。

「馬鹿馬鹿しい。フレアはトレルファス家が待ち望んだ第一等魔法格の持ち主。この家の誇りです。いずれは我が家を騎士ではなく貴族階級にしてくれるはず」

その為に公爵家に貸しを作る。それが、トレルファス家が俺という厄介者を預かった理由だろう。

魔法格において、フレアと俺には天と地ほどの差がある。娘の勝利を確信しているライザの瞳。

フレアは顎で外を差す。

「庭に出なさいよ。今のあんたの立場を、私が思い知らせてあげる」

そう言って席を立ち、庭へ向かう。俺はその後に続いた。

アランとライザも同様だ。

フレアは使用人に言いつけると、自分と俺用の剣を用意させる。

「使いなさい。魔法も使えないあんたが、素手で戦えるわけないんだから」

俺は頷くと、使用人から剣を受け取った。

ライザが呆れたように俺を見る。

「本当にやるつもりなのですか？　フレアは剣士としても一流。勝負などやる前から目に見えています」

「ええ。それよりもアラン殿、約束をお忘れなく」

アランは静かに頷いた。

「武人《ぶじん》に二言は無い。そちらの方こそ約束を違えないで頂きたい」

「ご安心を。もし負ければ俺は一生、あの部屋で静かに暮らすと誓いましょう」

その言葉にライザは満足そうに笑う。

あちらにとってはいい条件だ。娘の出世の為のカードが、一生大人しくあそこで過ごしてくれれば言うことは無いだろう。

だが当人は違うようだ。

俺を睨みつけるフレアの眼差し。そこには、言いようのない怒りが込められている。

「私にはあんたなんて必要無い、私自身の力で全てを勝ち取るわ！」

俺を預かったことが自身の将来に光を与えるなど、プライドが許さないのだろう。こちらに向けられる怒りの原因はそれだ。

フレアの身体から膨大な魔力が湧き上がる。それはまさに、第一等魔法格の証。

フレアの肉体もそうだが、瞳も魔力で活性化しているのが分かる。

ルビーレッドの瞳が、光を帯びていた。

魔力による身体活性。それを得意とするのが魔導剣士だ。

目の前の少女は、その中でも超一流だと言っていいだろう。

「行くわよ！　あんたに思い知らせてあげる、第一等魔法格を持つ人間の力を!!」

無造作に剣を構えた俺に向かってくるフレア。赤いオーラを帯びているのは、強烈な魔力で活性化されている証である。

彼女の最も得意とする炎属性の魔力の光だ。

俺は静かにそれを見つめていた。

すると、彼女の体が霞《かす》むように動く。真っすぐにこちらに向かってくる、その凄まじい速さ。

「どうしたの、身動きさえ取れないのかしら？」

俺に向かって突き出されるフレアの剣。

それが俺の首元に突きつけられれば、この勝負は終わりだ。

「これで終わりよ！　身の程を知りなさい!!」

勝ち誇るフレアの瞳、そしてその見事な剣技。彼女の剣先は俺の首元に突きつけられる。

だが——

突きつけられたのは、既に彼女の剣をかわした俺の残像に過ぎない。

すぐにフレアの前から掻き消える。

「なっ!?」

あっさりと突きをかわした俺を見て、驚愕に見開かれていく少女の瞳。

「そ、そんな！　嘘よ!!」

それを捉える俺の瞳は、彼らから見れば黄金に輝いているはずだ。

俺は、フレアの全ての動きを完全に見極めていた。

「あり得ないわ……何なのこの力、魔力も無いくせに!?」

「魔力だよ、フレア。ただし、君が知らない法則に従った、ね」

それは普通の魔力ではない。劣等魔力と呼ばれる存在。

俺と同じ第五等魔法格とされたバーレン・テルフェニル。あの男が書いた本の最後にはこうつづられていた。

『私は感じるのだ、自らに眠る強大な魔力の存在を。呪わしい我が魔力、劣等魔力よ』

研究を重ね、己に眠る未曽有《みぞう》の力を感じるようになりながらも、とうとうそれを使いこなすことが出来なかった男。まるで呪詛《じゅそ》にも似た、その魂の叫び。

重なり合う無数の波紋《はもん》のように複雑なその力。生き物のように一見不規則に揺れ動くその波動。

俺はそれを正確に捉え、数式化する。

本来、人には操ることが出来ないそれを制御する術式。

バーレンは書き残していた。もしこの本を読み、劣等魔力を制御できる賢者《けんじゃ》が現れたのなら、その術式を『神言語《しんげんご》』と名付けて欲しいと。

それはまさに、呪われし我らを救う神そのものだと。

俺には彼の気持ちがよく分かる。

「フレア、君では俺に勝てない。絶対にね」

魔力で活性化された魔眼《まがん》を超える神眼《しんがん》とも呼ぶべきその目。そして全身に魔力が満ちて、黄金の光を帯びる俺の身体。フレアの一撃をかわした超人的な身体能力の秘密だ。

俺の右手を通じて、手にした剣に黄金の魔力が伝わっていく。

剣の表面に浮かび上がる魔法陣。フレアはそれを見て叫んだ。

「くっ！　この光、一体何なの!!」

「これは神言語術式。君が知らない魔導だ」

その魔法陣には、魔導言語と共に無数の数式が書き込まれている。

バーレンが残した複雑な魔導言語と、俺が十年かけて作り上げた幾多の数式を融合させたもの。

「私が知らない魔導ですって？　そんな……あんたなんかに、そんな真似が出来るはずが無い!!」

「試してみるか？」

武器に魔力を通わせ、強化する武具活性術。

今、俺が使っている術式はそれに近い。ただし、より高度ではあるが。

「黙りなさい！　落ちこぼれの第五等魔法格の分際で！」

その瞬間――

フレアの剣も赤い光を帯びていく。

「はぁあああああ!!」

俺の黄金の剣とフレアの赤く輝く剣が衝突し、火花を散らす。

ギィンンンン!!

凄まじい金属音を放って、折れた剣の先が宙を舞った。そして、それはフレアの足元に突き刺さる。

同時に、俺の剣はフレアの首筋に突きつけられていた。

「う……嘘よこんな！　第一等魔法格を持つ私が、第五等魔法格の人間に敗れるなんてあり得ない!!」

今まで真実だと思ってきたことが覆された時の人間の瞳をしている。自信に溢れていた少女は、その場にガクリと膝をつく。

呆然と立ちすくむアランとライザ。

「まさか、そんな……この子を、フレアを圧倒するなど、第一等魔法格の最上位である英雄クラスでもなければ不可能なはずだ！」

「フ、フレア!!」

俺には冷たい女だが、やはり娘への愛は深いのだろう。ライザは呆然とする娘に駆け寄る。

彼らは実に人間的だ。その心の中には打算や野心が溢れている。

父親のアランには、表にこそ出さぬものの自分を見下す公爵家への怒りがくすぶっている。

母親のライザには、名誉と地位への渇望《かつぼう》。そしてフレアには、己の力で全てを手に入れようと望む野心。

だからこそ俺にとっては都合がいい。

俺は彼らに問いかけた。

「俺と組む気はありませんか？」

その言葉に、三人は何かに魅入《みい》られたかのように俺を見つめる。

「最強の英雄と呼ばれるあの男を、いずれ俺は倒します。そして全てを手に入れる。俺に呪わしい烙印を押したこの国の、全てをね」

呆然とした顔のフレア。俺が言っていることの意味が分からないといった様子だ。

当然だろう。第一等魔法格の中でも、最も優れた数値を叩き出したあの男を倒せる者などいるはずが無いのだから。

「……この国の全てを手に入れる？　あんた、何を言ってるの」

「言葉通りだよ、フレア。俺はこの手に全てを掴む。この国の英雄と呼ばれるあの男を皆の前で打ちのめしてね」

「ば、馬鹿じゃないの？　相手はこの国の英雄よ。第一等魔法格の持ち主の中でも特別な存在の一人よ！　貴方なんかに……」

その声は震えていた。確信を持って言い放つ強さは、もはやどこにも感じられない。

「出来ないと思うか？　俺はその為だけにこの十年を費《つい》やしてきた」

俺の言葉を聞いてフレアの瞳に迷いが生じる。先程の戦いの結果がそうさせるのだろう。

俺はアランに語り掛けた。

「アラン殿、あの男に従って得られるものなど、精々下級貴族の位《くらい》です。俺という厄介者を抱えた貴方にあの男は強い力など決して与えない。その程度の地位で、娘のフレア共々生涯あの男に飼い殺しにされるだけ。ですが俺に従えば違う。貴方がこれから支払う代償に見合った地位を、必ず与えると誓いましょう」

俺の言葉でアランの瞳に一瞬強い野心が浮かんだが、彼は首を横に振った。

「馬鹿な……そんなことが出来るとは思えない。そもそも、私が約束通り後見人になったとしても、貴方の士官学校への入学など認められない。士官学校の上層部は、あのお方の息のかかった者ばかりだ。私が後見人として一筆書いたところで、そんな書状など何の力も持ちはしないことぐらい、ルオ様もご存知でしょう？」

アランの言う通りだろう。俺の名で入学希望を出したところで、それが受理されるわけもない。

あの男の耳に入れば、決して許されることが無い話だ。

あいつにとって恥でしかない俺は、死ぬまでここで日の目を見ない生活を送る運命なのだから。

だが——

「ええ、ですが方法はある」

「それは一体!?」

アランは俺を見つめる。

「簡単なことですよ。入学するのが俺でなければいい」

言っている意味が分からないのだろう。アランは不審げに首を傾げる。

「何を仰っているのです？　ルオ様、それは一体……」

「ルオという男が、この世から消えてしまえばいいと言っているんです」

俺は自分の髪にそっと手で触れる。ブロンドの髪が銀色に変わっていくのが、手にした剣の表面に映った。

今の俺には、魔法で色素を金から銀に変換することなど、造作も無い。

同時に俺が今まで暮らしていたこの家の別棟から炎が湧き上がり、業火《ごうか》となって焼き尽くしていった。

「あ、貴方！　屋敷の離れが!!」

ライザが叫ぶ。

フレアが俺をジッと見つめている。

「ルオ、やったのは貴方ね！　一体どういうつもり!?」

「生きることに絶望したルオという男は今、世をはかなんで死を選んだ。呪わしい第五等魔法格である自分の存在を、欠片《かけら》もこの世界に残したくなかったと遺書を書き残してね。貴方たちは、俺が骨どころか灰まで焼き尽くす魔法薬を部屋にまいて、火をつけたと言えばいい。咎《とが》めを受けることなど無い。寧《むし》ろ外聞を気にして自ら手を下せなかったあの男は、俺がこの世から消え去って喜ぶことでしょう」

自ら手を下すことも無く、俺が自ら命を絶つ。

あの男の最も望む結末だろう。

「いや、俺のことなどとうに忘れているか」

あいつにとって俺は、路傍《ろぼう》に転がる石ころほどの価値も無い。

俺は懐から取り出した銀色の仮面を被る。

同時に、炎が舞い上がる離れの方から、一人の青年がこちらに歩いてくる。年齢は俺と同じ十五歳、背格好もよく似た銀髪の青年だ。

彼は俺の前に跪《ひざまず》くと言った。

「ルオ様、全てつつがなく終わりました。あの部屋は、何の痕跡も残さず跡形《あとかた》も無く燃え落ちるはずです」

「ああ、ジーク。ありがとう、君との約束は必ず果たす」

「はい、信じていますルオ様。ですが、今日からジークは貴方様です。私は今を境《さかい》に貴方様の忠実な影になりましょう」

彼はこの家の使用人だ。優れた剣士で俺の剣術の相手を務めてくれていたが、両親が幼い頃に亡くなり、騎士への夢をあきらめたと言う。

魔法格は第三等魔法格に過ぎないが、頭が良く剣の腕も立つ。

こんなところで埋もれるには惜しい人物だ。

俺が全てを打ち明け、この家で最初に味方につけた相手でもある。

彼には剣術の相手だけではなく、少しずつ研究を進めてきた術式の練習台にもなってもらっていた。劣等魔力の力を最も肌で感じている人物と言えるだろう。

フレアは俺たちを見つめた。そして笑う。

「ふふ、あはは！　おかしい、本気なのねルオ。面白いじゃない、ここまで用意周到に準備をしてたなんて。他の使用人たちにも手を回しているってところかしら」

「ああ、全てではないが、この屋敷に住み込みで働くめぼしい相手には。彼らは皆、俺が死んだと証言するでしょう」

焼け落ちたあの部屋には誰も居なかったが、それを証明するものなど、この屋敷の者たちの証言以外無いのだから。

「道理で静かなはずね。通いの使用人以外はあの火事が起きることも知っていたってわけ」

「そういうことだ」

何も知らない通いの使用人たちも、俺の奇妙な行動を証言するだろう。

壁にわけの分からない文字を書き、食事と剣の修業の時以外はあの部屋を出ることが無い男。自ら命を絶ったとしても何の不思議も無い。

フレアは俺に言う。

「あいつらがあんたを馬鹿にしてたのも全部演技だったってわけ、恐ろしい男」

「さあ、どうだかな」

地位や魔法格が低く、一生他人に頭を下げて生きていくことを強《し》いられる者たち。彼らの気持ちが一番よく分かるのは俺だ。

ライザが動揺しながら娘に尋ねる。

「ど、どういうことなのですフレア、一体これは……」

「お母様、こいつはジークと入れ替わって士官学校に潜り込むつもりなのよ。そうなんでしょ？」

フレアの言葉に俺は頷いた。

「ああ、ジークはあの火事で顔に火傷《やけど》を負ったことにすればいい、そしてこの仮面はその火傷を隠す為のものということにね。アラン殿、貴方に書いて頂きたいのはジークの名の書類です。必死に屋敷の火を消そうとした使用人への褒美《ほうび》としてね」

「ジークの名で……」

俺はまだ呆然としているアランを見つめた。

「今年の士官学校には、この国の第一王女であるエミリア殿下《でんか》も入学します。その側近たちも参加して、実戦式戦闘術試験はいつもより派手に行われると聞く。実戦を模して行われる試合の中で、彼らを倒して俺が勝利を勝ち取れば、ジークの名は国中に知れ渡ることになる。たかが第三等魔法格に過ぎない男が、士官学校最強の新入生としての栄誉《えいよ》を勝ち取る。面白いと思いませんか？」

「本気なのですか？　ルオ様」

「ええ、もちろん」

アランは驚きを隠さずに呟いた。

「エミリア殿下の前で、新入生最強の称号を……まさかそんなことを」

「王女だけではありません。彼女が来るということで見物に訪れる客も多い。俺にとっては好都合です」

静まり返る庭でフレアが笑った。

「貴方がルオという名を捨てて成り上がるために、まず王女の存在を利用しようってわけ？　確かに、王女の取り巻き連中を倒せば派手な演出になるでしょうね。でも、出来るの？　連中は手強《てごわ》いわよ」

俺は何も答えずにフレアを見つめる。

「愚問《ぐもん》だったわね、連中に躓《つまず》いているようでは公爵になんて勝てはしないもの……いいわルオ。私は貴方に懸《か》ける。もううんざりなのよ、上級貴族共に大きな顔をされるのはね！」

そんな娘の言葉を聞いてライザが気色《けしき》ばむ。

「フレア！　何を言っているのです!!」

「お母様、どうせここでルオと戦っても勝ち目は無いわ。私でさえ手も足も出ないんだもの。でも従ったふりをして公爵に密告なんてごめんよ、私の誇りが許さない！」

美しい赤毛の少女は母親にそう言い放つと、俺の傍に立った。

「ふふ、それに貴方の傍にいれば退屈はしないで済みそうだわ。人生、一度ぐらい命を懸けてみるのも面白いわ」

その隣にアランも進み出る。彼は暫く考えた後に、俺の顔を真っすぐに見た。

「ルオ様、私も貴方に従いましょう。貴方は約束通りフレアに勝利した。騎士の名に懸けて約束を違えることは出来ない。それに貴方は、当主である私さえ知らないうちにこの家を支配している。ただの無謀な愚か者ではない、全てを賭けてみるに値《あたい》するお方だ」

屈辱にまみれながら俺の面倒を見てきたこの男は、本来は誇り高い騎士だ。一度口にしたことを曲げることは無い。

フレアがライザに尋ねる。

「どうするのお母様？　残っているのはもうお母様だけよ」

ライザは手を胸の前に合わせて逡巡している。真紅《しんく》の薔薇《ばら》の花びらのように赤い唇を噛みしめて、押し黙っている。

だが、やがて娘と夫の言葉に覚悟を決めたように、俺に言った。

「……わ、分かりましたわ。その代わり貴方がこの国を手に入れたら、このトレルファス家に上級貴族である伯爵《はくしゃく》の地位を下さいませ！」

大国であるこの国の伯爵ともなれば、小さな国の王にも等しい力を持つ。下級貴族とは段違いの存在だ。

いくら娘のフレアが第一等魔法格を持っているからといっても、騎士爵のこの家がその地位を得ることなど普通ならあり得ない。

俺は首を横に振るとライザに答える。

「伯爵？　残念ですが、この家を伯爵家になどするつもりはありません」

「どうして？　こちらは命を懸けるのですよ！　そ、それぐらいは当然の要求です！」

ライザは憤《いきどお》ったように声を上げた。

「義母上《ははうえ》は欲が無い。俺がこの国の王になれば貴方は育ての母。このトレルファス家は、公爵家にするつもりですよ。あの男の家に代わってね」

「こ、公爵家!?　それに、わ、私が国王の育ての母……」

「そして、ジークたちも皆、魔法格などには関係無く貴族となり、私の側近になってもらいます」

ライザは暫く呆然とした顔でその場に立ち尽くすと、俺の前に膝をついた。

その上気した顔は美しいが、野心の強さが滲《にじ》み出ている。

彼女にとって二度とめぐっては来ない機会だ。命を懸けるに値する対価があると結論を出したのだろう。

「し、従いますわ。このライザ、喜んでルオ様に全てを捧げます！」

俺は頷くと答えた。

「その言葉、確かに聞きました。裏切りは許しませんよ」

「は、はい！　ルオ様、今日からライザはルオ様の忠実なるしもべ！　なんなりとお申し付けくださいませ」

フレアはそんな母親の姿に苦笑しながら俺に言った。

「決まりね、ルオ。いいえジーク、私たちは貴方に全てを懸けるわ。でも、エミリア王女の傍に仕える三人の側近は手強いわよ。貴方のことだもの、知っているでしょう？　中でも一人、とんでもない男がいることを」

2、氷の刃

トレルファス家での火事騒ぎから一か月。

長らく忘れ去られていた少年の死は、大国アルディエントの貴族の中で一時的には話題になったが、すぐに皆の関心は薄れていった。

十年も前に表舞台から去った一人の少年のことなど、取るに足りない話である。

それよりも妙な噂話に興じて、この国最高の英雄であるファルーディア公爵の不興《ふきょう》を買うのを誰もが恐れたのだ。

そんな中、アルディエントの都は別の事柄で盛り上がりを見せていた。年に一度の催しが行われているからだ。

誉《ほま》れあるアルディエント士官学校における最強の新入生を決めるイベント、実戦式戦闘術試験。

開催地は、都の中でもひときわ目を引く巨大な闘技場。

「はぁあああ！　喰らいなさい!!」

闘技場の中央で華麗に舞う赤い髪の少女。その凄まじい剣技に、相手の男は手にしていた剣を弾き飛ばされた。喉元に少女の剣が突きつけられる。

「勝負あったわね」

「くっ！　ま、参った!!」

膝をついて負けを認める青年。

審判を務める士官学校の教師は、試合終了と手を挙げた。

「そこまで！　勝者、フレア・トレルファス！」

それを聞いて少女はくるりと踵《きびす》を返すと、闘技場の舞台を下りる。

歴史を感じさせる石造りの円形闘技場。その中心に作られた戦いの舞台を見下ろすように、周囲には多くの人々を収容出来る観客席が作られている。

勝気で美しい少女の戦いぶりに、闘技場は大歓声に包まれた。

「「うぉおおおお!!」」

「何という強さだ！　あの技のキレ、そして身のこなし」

「それに何とも可憐《かれん》だ！」

「ああ、しかしトレルファスと言えば……例の無能者を引き受けたあのトレルファスの娘か？」

「くく、父親に似ず堂々としたものよ」

歓声の中で、上位貴族たちの為に作られた貴賓席《きひんせき》ではそんな囁《ささや》きも漏れる。

その貴賓席の中央。輝くようなブロンドの髪に、白銀のティアラを付けた少女が座っている。

まるで天から舞い降りた女神のような美しさをもつ彼女こそ、アルディエントの秘宝と呼ばれる第一王女、エミリアである。

だが、その表情は浮かない。

隣に座る貴公子《きこうし》がエミリアに声をかけた。

「エミリア殿下、またあの男のことを考えておられるのですか？」

「え？　いえ……レオニード、そんなことは」

そう口にしながらも、エミリアの脳裏《のうり》には一人の少年の面影《おもかげ》が浮かんでいた。

（もし、あの方が生きていらしたら私と同じ十五歳。だけど……）

滲む涙をそっと拭くエミリア。

幼い頃、一度婚約者となった公爵家の少年。初めは恥ずかしくてどんな話をすればいいのか分からなかったが、彼は驚くほど博学で、幼いエミリアが王宮の作法を上手く出来ずに涙ぐんでいた時も、いつも手助けをしてくれた。

優しいその笑顔がエミリアの脳裏に焼き付いて離れない。

（ルオ様、本当に亡くなってしまわれたの？）

美しい第一王女の秘められた初恋。その悲しみから、思わず言葉が口をついて出る。

「レオニード。魔法格で人生が決まってしまうなんておかしいとは思いませんか？　……あのお方の笑顔は、優しさは、魔法格などとは関係がなかった」

その言葉に一瞬、周囲が凍り付く。魔法格が絶対の価値を決めるこの国の王女が、口にして良い言葉ではないからだ。

レオニードと呼ばれた青年は、王女をいさめるように声をかけた。

「エミリア様、そのようなことを二度と仰ってはなりません。第一等魔法格を持つ我らが、愚かな民たちを教え導かねば、国は滅びるのです」

「……」

レオニードは今年の新入生の中でもずば抜けた才能を持つ男。王家の血を引くロイファルト公爵家の嫡男《ちゃくなん》で、エミリアの側近でもある。

そして、将来はこの国の英雄に名を連《つら》ねると言われているほどの人物だ。

（そうですね、私は何を偉そうなことを。私もあのお方を見捨てた人間の一人なのに）

エミリアはルオのもとへ向かおうと、全てを捨てるつもりで何度も王宮を抜け出そうとしたが、王女の身でそれは叶わず、すぐに連れ戻された。

それだけに、ルオの死を知った時は心が引き裂かれたのを思い出す。

レオニードは美しい王女の涙を指で拭いた。

「エミリア様、あんな下らない男のことなど、私が忘れさせて差し上げます。今はこの私が貴方様の婚約者なのですから」

「はい……レオニード」

俯《うつむ》く王女。そんな中、次の試合の準備が整う。

戦いの舞台に上がったうちの一人は、立派な服に身を包んだ魔導士風の青年。

そして、反対側から舞台に上がろうとしているのは、銀色の仮面を被った男だ。それを見て会場がざわめく。

「おい、あの仮面は一体？」

「ああ、例のトレルファス家の使用人らしいぞ。何でも火傷《やけど》を負って顔を隠しているとか」

「しかも第三等魔法格だとの噂だぞ」

貴賓席の貴族たちは笑う。

「くく、どうしてそんな場違いなクズが？　そんな者を出せばトレルファス家はいい笑いものだ」

「ふふ、運良く娘の対戦者にでもなれば、咬《か》ませ犬ぐらいにはなると思ったのか。名目上この試合には、どんな魔法格の者も出場出来ることになっている。普通は恥になることを恐れて、出場などしないがな」

「特に、今年はエミリア様を迎えて盛大に行われている。第三等魔法格で使用人ごときが出場を望むなどと。くはは！　どんな愚か者なのだ」

エミリアも仮面の青年を見つめた。

（第三等魔法格で、実戦式戦闘術試験に参加を？）

隣のレオニードはエミリアに言う。

「愚かな。エミリア様、あの男の相手はウェイン。第一等魔法格を持ち、エミリア様に仕える側近の一人。ご覧になるといい、魔法格に恵まれた者とそうでない者の違いを。そうすれば、貴方の迷いも断ち切れると言うもの」

「レオニード……」

エミリアは両手を胸の前に合わせて戦いの舞台を見つめる。そして、一つの賭けをした。

（もしも、あの仮面の青年が勝つことがあれば、私は変わりたい。あのお方を見捨ててしまった自

分を捨てて。ああ……あり得ないと分かっていて賭けをするなど、私は愚かで卑怯な女です）

そんな中、舞台に上っていく仮面の青年に、先程試合を終えたばかりの美しい赤毛の少女が声をかける。

「ジーク、相手は王女殿下の側近の一人よ。いけすかない上級伯爵の息子。だけど私よりも魔力は上。勝てるんでしょうね？」

「さあ、やってみなくては何とも。フレアお嬢様はそこでお待ちを」

お嬢様と呼ばれて苦笑するフレア。仮面の男は自分の存在に観衆が戸惑う中、舞台の中央に歩いていく。

一部の観客は大声で囃《はや》し立てる。

「馬鹿な奴だ、ほんとにやるつもりだぜ」

「赤っ恥をかくだけなのによ」

先に舞台の中央に立つ、上級伯爵家の息子であるウェイン。

試合開始を告げる審判の声がかかると、ウェインは目の前にいる仮面の男を見て嘲笑う。

「下らんな、こんな試合。棄権しろ。貴様のようなクズを相手にすること自体が、この俺の恥になる」

「お断りします。それに貴方では私に勝てない」

一瞬、目の前の男が何を言ったのか分からずに、唖然《あぜん》とするウェイン。

そしてその目はすぐに怒りに燃え上がっていく。

「貴様……今何と言った。死にたいのか？」

ウェインの言葉に、仮面の男は剣を構えることもせずに、今度はぶっきらぼうに答えた。

「うるさい男だ。さっさとかかってこい」

「き、貴様ぁあああ!!」

ウェインの体から湧き上がる凄まじい魔力。それが右手に凝縮し、巨大な炎の鳥を作り上げていく。

「くく、ははは！　愚か者が、見ろこの俺のフレイムフェニックスを！　貴様が俺を怒らせたのだ、死ね!!」

本来ならば、相手の命まではとることが許されない戦いだ。だが、第三等魔法格の使用人が死んだところで、試合中に起きた事故として片付けられるだろう。

しかし、その巨大な火の鳥が羽ばたくことはなかった。

「ぐっ！　ぐぉおおお!!」

右腕を押さえて膝をつくウェイン。その手の甲には、鋭い氷の刃が突き刺さっている。

同時に炎が消え去っていくのを観客は見た。

「馬鹿な！　そんな馬鹿な!!」

魔力で活性化したウェインの視力が捉えるよりも遥かに速く放たれた、氷の刃。そして、仮面の男は剣を片手に彼を見下ろしていた。

いつ動き、そしていつ剣を腰から抜いたのだろうか？

神技とも呼べるその動き。

剣の切っ先は、ウェインの喉元に突きつけられている。

「どうした、もう終わりか？　ここが戦場ならお前はとっくに死んでいる」

静まり返る闘技場。

第一等魔法格を持つ高貴な血筋の者が、たかが第三等魔法格の使用人に打ちのめされる光景。あり得ない状況に皆、息をのむ。

「どうしたんです？　判定をしてもらいましょうか」

仮面の男は丁寧な口調に戻り、静かにそう言った。

その言葉でハッと我に返った審判員は、まだ呆然としながらも判定を下す。

「しょ、勝者！　ジーク・ロゼファルス!!」

それを聞いて、仮面の男は踵を返すと、何事もなかったかのように歩き始める。

観客はまだ静まり返っている。エミリアは、舞台の端に向かう青年を見つめて小さく声を上げた。

「勝ったわ、彼の勝ちよ」

王女のその言葉をきっかけに、貴賓席の貴族たちからも声が漏れる。

「ば、馬鹿な。一体何が起きたのだ？」

「あ、あり得ぬ！」

「見たであろう？　ウェインのフレイムフェニックスに込められた魔力を！　あ、あの仮面の小僧からは僅かな魔力しか感じなかったぞ!?」

そんな中、立ち上がる一人の貴族の姿があった。

ギルスフェルト上級伯爵。ウェインの父親である。

「愚か者め！　咬ませ犬ごときに油断しおって！　あの程度の氷の刃しか作り出せぬ小僧に不覚をとるとは!!」

その言葉に、周囲の貴族たちは同調する。

「そ、そうですな」

「そうだとしか思えませぬ。魔力の量が全く違う。余程ご子息は油断されておられたのでしょう」

「無理もない。あのようなクズが相手では」

それを聞いて、貴賓席の周囲にいる観客たちからもさざ波のように声が漏れ広がった。

「た、確かに」

「そうでなければ、第一等魔法格を持つお方が負けるはずが無い」

「ああ」

怒りは冷めやらぬ様子だが、周囲の反応にようやく面目《めんぼく》を保ったとばかりにギルスフェルト上級伯爵は席に腰を下ろす。

レオニードは黙ってそれを眺めている。

(愚かな。今のが油断や偶然に見えたのか？　あの男の魔力は、ほんの僅かな瞬間だがウェインを遥かに上回るほどに高まった。それを見抜けぬとは)

そして、レオニードの瞳は、舞台の上で起き上がるウェインの姿を捉えた。

同時に獅子《しし》のような咆哮《ほうこう》がレオニードの口から放たれる。

「愚か者が！　恥の上塗りをするつもりか!!」

よろよろと立ち上がったウェインの左手では、魔力が炎となり凝縮されていく。

殺意に満ちたその瞳は、ジークの背中を凝視している。

「……待て、貴様。どこに行く、まだ勝負は終わってはいないぞ！」

「ウェ、ウェイン様！」

審判が制止しようとするが、それをはねのけるウェイン。

「邪魔だ、どいていろ!!」

同時に、彼の左手に生じたフレイムフェニックス。それは大きく翼を広げて羽ばたくと、ジークに向かっていく。

我を忘れたかのように、笑い声を上げるウェイン。

「くく、くはは!!　貴様だけは殺す！　燃え尽きて死ねぇぇえい!!」

だが、観客は見た。事も無げに振り返り、指先をウェインに向けたジークと、そして彼が放った何かを。

強く魔力を込めたようには思えないそれは、不死鳥を消し去り、ウエインの頬を掠める。

そしてドリルのように回転する氷の刃は、数本の柱を撃ち抜いて、その奥にある壁に突き刺さるとようやく止まった。

「ひっ！　ひぃいいい!!」

頬から血を流し、戦いの舞台に尻もちをつくウェインの姿。

ジークはそれを見て静かに言った。

「死ぬぞ。次は外すつもりは無い」

再び静まり返る闘技場。

仮面の奥に見える瞳に射抜かれて、ウェインは怯えた。

(何なのだ……一体こいつは何なのだ!?)

第一等魔法格を持ち、生まれつきエリートである上級伯爵家の息子。それが、第三等魔法格に過ぎない男に気圧されている。

卑怯にも後ろから魔法を放った男に、仮面の青年は尋ねる。

「どうした、もう一度やってみるか？　だが、今度は俺の刃がお前の心臓を貫くことになる」

「ひっ！　ひぃぃぃぃ!!」

逃げるようにジークに背を向けるウェイン。惨めなその姿は、王女の側近の一人としてあるまじきものだ。

レオニードは吐き捨てる。

「どこまで恥を晒すのだ、愚か者め！」

その隣で、エミリアはウェインを破った仮面の青年を見つめている。

「あのウェインに勝つなんて。ジーク・ロゼファルス、一体彼は……」

その先は言葉にせず、彼女は胸中で続ける。

（どうしたのかしら私。一瞬、懐かしいような不思議な気配を感じた気がした）

そんな中、再びギルスフェルト上級伯爵が立ち上がると叫んだ。

「ば、馬鹿な、こんなことがあるはずが無い！　あの男は何者だ！　第三等魔法格のはずがあるまい、本人かどうか改めさせよ!!」

血走った目でそう叫ぶ彼を、貴賓席に同席する士官学校の関係者がなだめる。

「そ、そんなはずはございません！　不正がなされぬよう、試合前には必ず魔法紋の確認をしております。魔法紋は指紋のごとく一人一人固有のもの。五歳のおりに、皆が魔法格試験にて検査され、登録されるものでございますゆえ、あの男はジーク・ロゼファルスに間違いございませぬ！」

それを聞いてギルスフェルト上級伯爵は、更に怒りを爆発させる。

「お、おのれ……第三等魔法格しか持たぬ騎士爵家の使用人ごときに、尊き上級伯爵家の血を受け継ぐ我が息子が!!」

レオニードは静かに考え込む。

（第三等魔法格だと？　一瞬高まった奴の魔力はそんなものではない。ジーク・ロゼファルス、奴は何者だ）

舞台の上で、再び審判が戦いの勝者の名を高々と告げる。

「勝負あり！　しょ、勝者、ジーク・ロゼファルス!!」

そして、踵を返し、戦いの舞台を後にするジークの雄姿。

静まり返っていた観客たちから、割れんばかりの歓声が上がる。

「す、凄い！」

「何て強さだ……ほ、本当にあれで第三等魔法格なのか⁉」

「た、確かにそれほど強い魔力は感じなかった。一体どうやったのだ？」

「信じられん！」

「「うぉおおおお」」

闘技場を揺るがす大歓声の中、舞台を下りたジークを待つのは赤毛の美しい少女だ。

「派手にやったわね、ジーク」

「ええ、待っておられるフレアお嬢様に恥をかかせるわけにはいかないので」

「まったく、よく言うわ」

フレアはそう言って笑顔を見せると、騒然とする観客席を眺めながらジークに囁く。

「まさか、貴方が他人の魔法紋を真似ることが出来るなんて、連中も思わないでしょうね」

「ジークの魔法紋は細部まで正確に数式化している。いつでも再現可能だ」

肩をすくめるフレア。

「本当に恐ろしい男。でも、問題はウェインなんかじゃない。ふふ、気が付いてるでしょ？　こちらを見てるわよジーク」

「ああ、奴の視線は試合中から感じていた」

フレアはその視線の主を見つめながら、背筋に冷たいものを感じる。

「レオニード・ロイファルト。エミリア王女の婚約者よ。本来は貴方の席だった場所を奪った男と言えるかもしれないわね」

ジークは貴賓席を眺める。

美しい王女の隣には、その肩を抱いてジークを眺めている一人の貴公子の姿があった。

フレアは言った。

「あの男は別格だもの。第一等魔法格、その最上位である英雄クラスの力を持つ者の一人。気を付けるのね、ジーク。貴方でも簡単に勝てる相手じゃないわ」

「レオニード・ロイファルトか。あの男と同じ英雄クラスの力を持つ存在」

「ええ、血筋も力も申し分無いわ。いずれはこの国の英雄に名を連ねることになるでしょうね」

フレアはそう言いながら、闘技場の壁面に魔法で描き出されたトーナメント表を眺めた。

ウェインとジークの試合で一回戦は全て終わっている。

「あの男は一回戦はシードで不参加だったけど、次からは出てくるわ。少し休憩が入った後の二回戦、その第一試合にね」

「ああ、そのようだな」

今年の新入生の内、実戦式戦闘術試験への参加希望者は十五名。ジークを除けば、その全てが第一等魔法格か第二等魔法格の持ち主だ。

一回戦で七名が消え、シードとなっていたレオニードを含めて、二回戦に進むのは八名の生徒である。

フレアが肩をすくめる。

「私があの男に当たるとしたら、三回戦にあたる準決勝。ジーク、貴方は決勝ね」

その言葉にジークは頷く。

「順調にいけばな、フレア」

会場からはウェインが運び出されていく。

係員にしがみついて正気を失ったように叫ぶウェイン。

「ひっ！　ひいい、あいつは化け物だ！　助けてくれ、殺される!!」

その怯えた表情を見てフレアが笑った。

「情けない男。第一等魔法格を持っていても、あれじゃあ使い物にならないわね」

「ああ、確かに魔力だけを見ればお前よりも上だが、全体的な力を見ればフレア、お前の方が奴よりも遥かに上だ」

それを聞いてフレアが再度肩をすくめる。

「な、何よ。お世辞を言っても何も出ないわよ」

「本当の話だ。剣を振るう時の瞳、そこに浮かぶ覚悟が違う。俺はお前のその目が好きだ。だから仲間に選んだ」

「な！　ば、馬鹿じゃないの！　す、好きとか……」

赤毛の美少女は思わず赤面して、仮面の男を睨む。

ジークは軽くため息をつくと答える。

「おい、勘違いするなよ。野心に満ちたお前の目が好きだと言ってるだけだからな？」

「は？　か、勘違いって何よ？　私がいつ勘違いしたのよ！」

「やれやれだな。行きましょうか、フレアお嬢様」

フレアの目の前をすたすたと歩いていくジーク。

「待ちなさいよ、ジーク！　勘違いってどういう意味よ、調子に乗らないでよね！」

ジークを追いかけるフレア。戦いの舞台を離れ、観客席にほど近い場所にやってくると、上から大歓声が二人に降り注ぐ。

「凄かったぞジーク！」

「恰好良かったわ!!」

「それにそっちの赤毛のお嬢ちゃんも凄かったぜ！」

「ああ、素晴らしい剣技だった！」

「一回戦でこれほどとは。今年の新入生はレベルが高いな」

それを聞いてフレアは少し機嫌を直したのか、ツンとした顔で言う。

「当然よ。甘やかされて育ったお坊ちゃまとは違うわ」

観客席に手を振るフレア。可憐なその姿に、観客はますます盛り上がっていく。

「まったく。行きますよ、お嬢様」

ジークがそう言ってフレアを控室に促そうとしたその時。

控室に向かう広い通路にいた大会の関係者たちが、一斉に誰かに道を空けるのが見える。

そちらに向かおうとしていたジークやフレアと、その誰かは自然に相対する形になった。

「エミリア王女……それにレオニード」

思わず呟くフレア。

レオニードは二回戦の第一試合の為に、こちらに降りてきたのだろう。王女を護衛する為の兵士たちの姿も見える。

「ああ、貴方がジーク・ロゼファルスですね！　素晴らしい試合でした！」

エミリアはジークの姿を見ると、笑みを浮かべて駆け寄った。

「ひ、姫！」

突然のことに、周囲の兵士たちは声を上げる。

その声に気を取られたのか、振り返るとドレスの裾をひっかけてつまずく王女。

「きゃ!!」

思わず目を瞑ったエミリアの体を、何者かが優しく抱いていた。

いつの間にこの距離を移動したのか、そう思わせるほどの速さ。エミリアは自分の体を抱き留めている男の顔を見た。

「あ、あの……」

銀色の仮面を被ったその男を見つめて、エミリアは古い記憶を思い出した。

(どうして……この感覚はやっぱり)

幼い頃、蝶々を追いかけて庭を走り回っていた時、転んで泣いているところを抱き上げてくれた少年がいた。

その時と同じ感覚。

「ジーク・ロゼファルス、貴方は一体……」

エミリアはジークの仮面、そしてその奥にある素顔に、強い関心を掻き立てられた。

だが、彼女はすぐにレオニードの腕に抱き寄せられる。いずれこの国の英雄に名を連ねるであろうその男は、静かに口を開いた。

「礼を言おう。だが、覚えておくことだ。このお方はお前が触れて良い相手ではない」

「これは出過ぎた真似を。失礼いたしました」

ジークはそう言って二人に頭を下げると、その場を立ち去ろうとする。

レオニードはその背に向かって言った。

「どこへ行く？　せっかくだ、見ていくといい。お前が先程やったことなど、大したことではないと教えてやろう」

その言葉に振り返るジーク。

銀色の仮面が、静かにレオニードを眺めている。

「分かりました。拝見しましょう」

対峙する二人を見て、エミリアは不安げに声を上げる。

「レオニード、何もそんな……」

「エミリア様、この男にははっきりと教えておく必要がある」

レオニードはジークに冷たく言い放つ。

「我らとお前は、違う世界にいる人間なんだということをな。二度と王女殿下に触れようなどとは考えぬように、身の程を思い知らせてやろう」

新入生最強との呼び声が高い貴公子は、そう口にすると戦いの舞台に向かう。そこには一回戦を終え、同じく二回戦の第一試合に臨むべく姿を見せた対戦者の姿があった。

彼もまた、第一等魔法格を持つ魔導剣士だ。

魔法で牽制《けんせい》をしつつ接近戦でも優れた戦いぶりを見せる。ある意味、そのファイトスタイルはジークに似ていると言えるだろう。

その魔導剣士は、不敵な笑みを浮かべてレオニードに言った。

「英雄クラスの力を持つと噂だが、俺もあんたに勝つために修練を重ねてきた。他の雑魚《ざこ》には興味が無い」

「そうか、ご苦労なことだ」

眉一つ動かさずそう答えるレオニード。審判はその魔導剣士から放たれる魔力に、額から一筋の汗を流す。

(今年の新入生は何だ……レオニード様だけではない、先程のジークという男といい、この男といい。例年よりも遥かにレベルが高い。一回戦もこの男の審判を務めたが、口先だけではない。気を抜けばレオニード様も危ないぞ)

額の汗を拭いて、審判は試合開始を告げる。

「そ、それでは二回戦第一試合始め！」

警戒するように一度距離を取る魔導剣士。レオニードは魔力を高めるでもなく、ただ舞台の中央に立っている。

　ギリッと歯を噛みしめる対戦者の男。

「舐めてるのか？　後悔するぞ！　本当に最強と呼ばれるべき新入生が誰なのか、教えてやる!!」

　右手に強力な魔力を込めるその男は、そのまま右手をレオニードに向かって突き出す。

「はぁあああ！　フェンリルブリザード!!」

　氷で出来た巨大な青い狼が凄まじい勢いで地面を駆ける。

　観客席からどよめきが起きた。

「何だあの狼は！」

「凄い力だ!!」

　恐るべき速さでレオニードの左側に回り込み、凍《い》て付く息を吐きながらその喉笛を狙う青き狼。

　同時に、それを放った男の体もその場から掻き消えている。

「おぉおおおお!!」

　狼とは逆方向から襲い掛かる、魔導剣士の鋭い突き。

　レオニードからはまだ露ほどの魔力も感じられない。

（馬鹿め。あのウェインもそうだが、王女の側近などと言っても所詮はこの程度か。英雄クラスが聞いて呆れる！）

　男は勝利を確信して笑う。

「勝ったぞ！　あのレオニードに!!」

だが――

レオニードに襲い掛かったはずの青い狼は、もう消え去っていた。

そして、レオニードの喉元に突きつけられるはずの男の剣は砕け散っている。

それだけではない。その魔導剣士の額にはレオニードの指先が軽く押しあてられていた。

いずれ英雄になると言われている男は、静かに対戦者に問う。

「どうする？　死にたいならまだ続けるがいい」

「な……馬鹿な、そんな馬鹿な」

男はうわごとのようにそう呟いた。観客もあまりのことに静まり返っている。

そして、観客の一人があることに気が付いて声を上げた。

「お、おい、あれを見ろ!!」

その観客が指さした先には、氷の刃に貫かれた闘技場の柱がある。

違う観客も言う。

「あ、あっちにもあるぞ！」

そして、逆方向にも。

「なあ、あれってさっきジークがやった技じゃないのか？」

「嘘だろ見えなかったぞ！　そ、それも二つも同時に!?」

「そんな、魔力なんて感じなかったぞ？」

貫いた柱の数はジークのものよりも多い。

額に指先を押し当てられた男はその場に膝をつく。

ようやく呑み込めたのだ。自分が放った白銀の魔狼と手にした剣を砕いたのが、間違いなく目の前の男だということを。

(な……なんなんだこいつは？　化け物だ……本当の化け物だ！)

戦意を喪失《そうしつ》していく男の顔。レオニードは男に向かって冷淡な声で言う。

「それでいい。支配する者とされる者、それをわきまえることだ」

砕けた剣を手から落として、力無くその場にうずくまる男。彼に背を向けて、レオニードは舞台から去っていく。

審判は慌てて判定を下した。

「しょ、勝者！　レオニード・ロイファルト!!」

その宣言がきっかけで、堰《せき》を切ったように観客席から大歓声が湧き上がる。

「強い、やっぱり今年の最強の新入生はレオニード様だ！」

「次元が違う……一度見ただけで、ジークと同じ技を」

「ああ、それも二本同時に。俺には全く見えなかった！」

当のレオニードはエミリアのもとに戻ると、ジークを眺める。

「見ていただろう？　お前がやった下らぬ芸当など、私にとっては造作も無いことだ。我らはお前とは住む世界が違う存在、それがよく分かったであろう」

ジークはそれを聞いて、静かに口を開いた。

「ええ、よく分かりました。貴方では私には勝てないということが」

辺りは、ジークの言葉に静まり返る。

誰もが、騎士爵家の使用人が恭《うやうや》しく頭を下げ自分の心得違《こころえちが》いを詫《わ》びる、そう思っていたに違いない。ジークの言っていることの意味が分からずに、唖然としている者さえいた。

レオニードは静かにジークを眺めている。

「ほう、ならば一つ賭けをしよう」

冷静なその声色。その眼差しは、ジークの仮面の奥を貫くように見つめている。

ジークは尋ねる。

「賭けですか？」

「ああ、そうだ。お前と私が戦うとしたら、決勝ということになるだろう。もしお前がそこまで勝ち上がり私に勝利したならば、お前の望みを何でも一つ叶えてやろう」

どよめきが起きる。何でもというのは決して大げさな話ではない。何故なら彼は公爵家の息子、いずれはこの国の王女の夫になる男だ。

ジークはレオニードに答える。

「それは光栄です。ですが、もし私が負けた時は何を望まれるのですか？」

周囲の者たちも同じことを思った。

もしもこれが賭けならば、あの仮面の男も代償を払わなければならない。

だが、あの男に一体何があるのか？

レオニードが提示した報酬《ほうしゅう》に見合うほどの何かを持っているのだろうかと。

全てを手にしているかに思える男に対して、支払うべき何物も持ってはいないはずだ。

その疑問に答えるべく、レオニードは口を開く。

「私が勝った時は、お前にはその仮面を取ってもらう。これほどの大言を吐く男、一度その素顔を見ておきたい」

フレアの背に冷たい汗が流れていく。

（こいつ……疑っているの？　ジークの正体を）

魔法紋の審査は完璧だ。わざわざこちらからリスクを背負うことは無い。

フレアはそう思い、ジークの代わりに答える。

「ジ、ジークは我が屋敷の火事を消す為に顔に酷い火傷を。仮面はその為のものです！」

そんなフレアの前にジークは進み出る。

「構いませんよ、お嬢様」

「ジーク！」

ジークはレオニードに恭しく頭を下げる。そして申し出に同意した。

「いいでしょう。もしも私が敗れたのであれば、お望み通り仮面を外し、素顔を晒しましょう」

レオニードは静かに答える。

「その言葉、確かに聞いたぞ」

「ええ、誓いを違えることはありません」

対峙する二人。話を見守っていたエミリアは、不安に胸を掻き乱されながらも思った。

(あの仮面の下にある素顔。それがもしも……いいえ、そんなことがあるはずが無いわ。あのお方は魔力自体が無かったというもの)

自分が抱く期待があり得ないものだと思いながらも、ジークの仮面を見つめるエミリア。

そんな中、一人の男が怒りを抑えきれぬように声を上げた。

「愚かな。お前ごときが、レオニード様と戦えると思っているのか?」

そこに立っているのは、レオニードとエミリアの護衛の一人である。

周囲の騎士たちよりも若いが、一際立派な鎧《よろい》を身に着けている。

背が高く堂々たる体躯。男はレオニードの前に膝をつく。

「レオニード様、この男が勝ち上がれば準決勝で私と当たります。申し訳ありませぬが、この男が決勝で貴方様の前に立つことは決して無いでしょう」

自分と王女に恭しく頭を下げる若い騎士の姿を、レオニードは眺める。

「ほう、そう言えば準決勝に勝ち上がれば、この男と対戦するのはお前だったな? ルーファス」

「はい、レオニード様」

ルーファスと呼ばれた男は、立ち上がるとジークを一瞥《いちべつ》する。

王女の周りに控える学園関係者はその姿を見て囁く。

「ルーファス・バゼルファートか。何とも今年の新入生の層は厚い」

「ああ。レオニード様がいなければ、誉れある新入生最強の称号は間違いなく彼のものになっていただろう」

「剣の腕も魔術も掛け値なしの一級品。あの歳にして、エミリア様の護衛騎士を仰せつかるほどの男だからな」

ルーファスはジークの前に立つと言う。

「ウェインを倒したからといって思い違いをせぬことだ。奴はこの士官学校に通い、いずれその魔力に相応《ふさわ》しい実力をつけ、殿下をお守りする一人になるはずだった」

そう言うとルーファスは腰から提げた剣を抜く。

不穏な気配に一瞬どよめきが起きたが、ジークは静かにルーファスを眺めている。

「だが、俺は違う。士官学校で学ぶことなどありはしない。剣と魔法を極め、既にエミリア様をお守りするに相応しい騎士としてここにいるのだ」

フレアはルーファスを睨む。そして唇を噛んだ。

(確かに、この男を忘れていたわ。ルオ、こいつはウェインとは違う。危険な相手よ)

チラリとジークの横顔を眺めるフレア。

「レオニード様に大口を叩いたお前の実力、俺が確かめてやろう」

その刹那、ルーファスの剣が凄まじい速さでジークに突き出された。

「ジーク!!」

思わず声を上げるフレア。エミリアも息をのむ。

「ルーファスやめて!!」

可憐なその瞳には、一瞬、ルーファスの剣がジークの仮面を貫いたかのように見えた。

皆にそう錯覚させるほどの鋭い太刀筋。その剣は、ジークの仮面を僅かにそれて肩を掠めている。

そして、同時にその突きから放たれた魔力が、闘気《とうき》と共に刃となって、ルーファスの視線の先にある闘技場の柱を幾重にも貫いた。

それを見た者たちは目を見開く。

「おお！　何という一撃!!」

「こ、これはまるで……」

それは氷の刃ではないが、ジークが使った技によく似ている。

「分かったか？　お前がやった技など、私にとっても容易《たやす》いこと。それを得意げに振りかざし、あまつさえレオニード様に勝つなどと大言を吐くとは。大海を知らぬ愚かな蛙《かわず》、それはまさに貴様のことだ」

そう言って、ルーファスはその剣を華麗に鞘にしまった。

周囲の者たちは口々に囁き合う。

「流石《さすが》だ」

「ああ、あの技のキレ。そして柱を貫いた闘気」

「あの仮面の男は、身動き一つ出来なかったぞ」

「これでは勝負になるまい。上には上がいるということを知ったであろう」

くるりと踵を返して、レオニードと王女のもとに戻るルーファス。

彼はジークに背を向けたまま言い放つ。

「先程の突きに身動き一つとれぬとは。たとえお前が二回戦を勝ち上がって俺の前に立ったところで、勝負は一瞬でつく。恥をかきたくなければ、二度と大口を叩かぬことだ」

そう言った後、ルーファスは思い直したように告げる。

「いや、それだけではもう気が済まぬ。お前は俺を怒らせた。打ちのめされたくなければ、大会から棄権することだな」

「残念ですが、それはお断りします」

その返事に、ルーファスは怒りの眼差しで振り返る。

「愚か者め。まだ分からぬのか？　俺が剣先の方向を少しでも変えていたらお前は死んでいた」

その鋭い眼差しを、ジークは気にした様子も無く受け止めている。

「勘違いしているのは貴方の方です」

「何だと？」

ルーファスの顔を静かに眺める、仮面の奥の瞳。

「私には貴方の太刀筋がはっきりと見えていた。見えてなかったのは貴方の方ですよ」

「貴様、何を言っている⁉」

その言葉と同時に、ゆっくりと二つに割れて地面に落ちていくルーファスの肩防具。それは明らかに何者かの剣が切り裂いたものだ。

「ば、馬鹿な‼」

ルーファスは目の前の男を見た。仮面の男の剣は鞘に入ったまま、腰に提げられている。

だが、他の誰かがやったなどということはあり得ない。

ルーファスは悟った。だとすれば、やはり目の前にいるこの男がやったのだ。

「ま、まさか……」

ジークは二の句が継げないルーファスを見つめる。そして言った。

「あの技を私の全てだと思わない方がいい。それに、もしも今のが貴方の本気だとしたら。確かに私との試合は一瞬で終わることになる」

「馬鹿な……そんな馬鹿な。貴様の剣を俺が見切ることが出来なかっただと？」

思わず歯ぎしりをするルーファス。

辺りはざわめいている。誰もが地面に転がるルーファスの肩防具を見ていた。本来ならばあり得ないその光景に、否が応でも引き付けられる。

「ま、まさか！　そんなことあるはずが無い！」

「皆見ていたではないか。あの男がルーファス殿の見事な突きに、身動きすら取れなかった姿を」

「一体何が起きたのだ？　あの男は何をした⁉」

エミリアも驚いたようにその美しい瞳を見開いた。

「レオニード、これは一体？」

王女に尋ねられてレオニードは答えた。

「ルーファスが剣を突きつけた瞬間、あの男が剣を抜いた。そして、ルーファスの肩当を切り裂いて再び剣を鞘に戻した。それだけのことです」

ジークはレオニードを見つめる。

「どうやら貴方には見えていたようだ」

「ああ、はっきりとな」

恐るべきは今の絶技《ぜつぎ》をなした超人なのか、それともその技を見極めた男なのか。

(ルオの今の剣技……それに、レオニードは今のが見えていたと言うの？)

フレアは二人の高次元のやり取りに、思わず身震いをした。第一等魔法格を持つ彼女でさえ、全く見えなかったのだから。

レオニードの言葉に周囲の者たちはざわめく。

「まさか、あの男も剣を抜いたのか？」

「あの一瞬に剣を抜き、ルーファス様の肩当を切り裂いた。そんな真似が……」

「な、何を言っている。そんなことを出来るはずが！　もしもそんなことをなし得る者がいるとしたら、英雄クラスの方々だけだ」

人々は呆然としながらジークを見つめる。

ルーファスは目の前に立つ男の仮面を睨んだ。

(第三等魔法格などあり得ぬ。こいつは一体何者だ？　あの仮面の下に隠されている顔は一体)

「それでは私はこれで。次は試合でお会いすることになるでしょう。参りましょうフレアお嬢様」

「ええ、ジーク」

ジークは軽く会釈《えしゃく》をすると歩き出す。フレアもその後に続いた。

レオニードたちから離れ、闘技場の控室の通路に入ったところで、フレアはふぅと胸を撫でおろす。

「まったく、あんたの傍にいると寿命が縮むわよ。さっきは生きた心地がしなかったわ」

「そのスリルを味わいたくて俺に従うと言ったのはお前だぞ、フレア」

「ふふ、確かにそうね。連中の度肝を抜いてやったのは気持ち良かったわ」

フレアはそう言って笑みを浮かべる。だが、すぐに真顔に戻ってジークに言った。

「だけど、レオニードは、あの男は貴方の剣が見えていた。あんな賭けをして本当に大丈夫なの？」

フレアが言っているのは仮面の条件のことだろう。

珍しく心配そうにする勝気な少女を眺めながら、ジークは答えた。

「あの男に勝てばいいだけだ。だが、その前にあのルーファスという男を倒す必要がある」

ジークの言葉にフレアは首を傾げた。

「どういうこと？　ルーファスなら貴方が圧倒したばかりじゃない。あいつは貴方の太刀筋すら見極められなかったのよ」

「あれがあの男の本気ならば敵ではない。だが、最後に俺を睨んだ奴の瞳は、負けを認めた人間の目じゃなかった」

ジークとフレアが立ち去った後。ルーファスは拳を握りしめていた。

「おのれ……よくも殿下の前でこの俺に恥を」

女神のように可憐な王女エミリアに仕えていることは、ルーファスの誇りだ。

その前で敗北を喫した屈辱は、彼の闘志を燃え上がらせた。

レオニードは尋ねた。

「どうする、ルーファス。今のお前ではあの男には勝てん。ウェインのように恥を晒す前に、この大会から棄権するか？」

「御冗談を、レオニード様」

ルーファスは笑っている。

先程の一件で実質的に勝負はついたはずだが、今の彼の瞳は自信に満ち溢れている。

「あれを使うつもりか、ルーファス」

レオニードの問いにルーファスは頷いた。

「まさかレオニード様以外の相手に使うことになるとは思いませんでしたが。あの男に後悔させてやりましょう。この俺を本気で怒らせたことをね」

3、ルーファスの剣

「勝者、フレア・トレルファス！」

レオニードたちとの一件の後、二回戦は順調に進み、その最終試合でフレアは見事に勝利を勝ち取った。舞うように戦う美しい女騎士の姿に会場は沸く。

赤い髪が誇らしげに靡《なび》いている。その姿はまるで、戦場に舞い降りた戦女神のようだ。

「凄《すげ》え……見たかあの見事な剣技！」

「まるで剣を持った舞姫だな」

「四強に残った紅一点だ！」

彼女は少し誇らしげに、舞台の端で待つジークに声をかけた。

「どう？　ジーク、私の実力も大したものでしょう」

「ええ、お嬢様」

使用人と騎士爵家の娘の関係を装って歩く二人。フレアがジークに囁く。

「あんたには感謝しているわ。あの後、大分稽古《けいこ》をつけてもらったもの」

「お前の戦い方には無駄があったからな。せっかくの魔力が効率的に活かせてなかった。まだ改善点はあるぞ」

それを聞いてフレアはため息をつく。

「もう！　こんな時ぐらい素直に褒めなさいよ」

「褒めてるだろう？　お前はもっと強くなる、そう言ってるんだ」

「な、何よ。素直に最初からそう言えばいいのよ」

少し照れたように笑うフレア。その美しい笑顔は周囲の目を引き付けている。

フレアは軽く咳ばらいをすると、ジークに提案した。

「ここは人目につくわね。一度控室に戻りましょう、準決勝は午後からだもの」

「ああ、そうだな」

準決勝進出者に用意される控室は、とても立派な部屋だ。

その扉を開けると、ライザが顔を出し、満面の笑みで二人を迎える。

「フレア、ジーク、二人とも素晴らしい戦いぶりでした！」

傍から見れば、娘と使用人を褒める上級騎士爵家の夫人だ。

しかし扉を閉めると、ジークに深々と頭を下げる。

「お見事でしたわジーク様。フレア、貴方もよくやったわね」

「ええ、お母様！」

アランも二人に歩み寄る。

「流石ですねジーク様。それにフレア、立派だったぞ」

「ありがとう、お父様！」

赤毛の美しい夫人は、娘と夫を眺めながら笑みを浮かべた。

「それにしてもフレアまで準決勝に残るとは。トレルファス家の妻として、これほど誇らしいことはありませんわ！」

アランも頷きながら言う。

「見事なものだ。これで準決勝に残ったのはジーク様とフレア、そしてあのレオニードとルーファスか」

「対戦カードは第一試合がジーク様とルーファス。そして第二試合がフレアとレオニードですわね」

ライザのその言葉にフレアは肩をすくめた。

「言っておくけど私はあんな化け物には勝てないわよ。やれるだけやってみるけど、私ではとても無理。あいつはジークに任せるわ」

話しながらフレアは、母親が用意した弁当に手をつける。

パンの間に野菜や肉を挟んだ、サンドウィッチに似た昼食である。

ジークもそれを眺めている。

「どうぞジーク様も。ジーク様に食べて頂きたくて、私と娘で作ったのです」

「ああ、頂くとしよう」

ジークはそう言うと、一番見栄えの悪いものを取る。

「ちょ！　そ、それは私が作ったのよ……もっと美味しそうなやつを食べなさいよ。お母様が作ったものがあるでしょう？」

「別に構わない。味は一緒だ」

そう言ってフレアが作ったものを食べるジーク。

「物好きね。す、好きにすれば！」

そう言いながらも、ジークがそれを食べるのを横目で見るフレア。

ライザが笑う。

「良かったですね、フレア。ジーク様に食べてもらうのだと張り切っていたではありませんか」

「べ、別に！　普段稽古をつけてくれたお礼のつもりで作っただけだから」

アランもそれを聞いて笑った。

「フレアも少しは女らしくなったものだ」

「お父様まで！」

娘の抗議を聞きながら、アランは真顔に戻るとジークに言った。

「我らはジーク様の勝利を信じていますが、レオニードにはお気を付けください。それにルーファスにも。あの男には妙な噂があります」

「妙な噂？　何なのお父様」

フレアはアランに尋ねる。

「ああ、まだレオニードやルーファスたちがエミリア王女の側近に選ばれたばかりの頃。一度、ルーファスはレオニードに勝負を挑んだそうだ」

それを聞いてフレアは目を見開く。

「あのレオニードに？　無謀ね、さっきもルーファスは、ジークの剣技に手も足も出なかったんだから」

ジークはアランに問いかけた。

「それで、勝者はどちらだったのですか？　アラン殿」

「はい、ジーク様。勝ったのはレオニードです」

その言葉にフレアは頷く。

「ほらごらんなさい！　当然ね、勝負にならなかったはずよ」

「そうではないフレア。勝ったのはレオニードだが、その頬にはルーファスの剣が刻んだ傷が入っていたそうだ」

アランの言葉にフレアが眉をひそめる。

「ルーファスがやったっていうの？」

「それは分からん。その試合自体を見た者が少ないだけに、ただの噂かもしれん。だがもし本当にそうだとしたら、ルーファスはあのレオニードの体に傷をつけた、唯一の男だということになる」

フレアは思わず絶句する。

（あの化け物の体に傷を？　普通の人間に出来ることじゃない。一体どうやって）

そして、ジークの方に顔を向けた。

「ジーク、もしそうなら、あいつはやっぱり何か隠しているわ」

「そのようだな。いずれにしても、戦ってみれば分かる。奴が一体どんな牙を隠し持っているのか」

その後、昼食の時間も終わり、準決勝が開始される時間になると、係の人間が控室にやってくる。

「準決勝が始まります。選手のお二人は会場へ」

「ああ、分かった」

「ええ、今行くわ」

アランとライザは二人に声をかけた後、観客席に向かった。

準決勝への進出者が姿を現すと、会場は一気に盛り上がる。

「レオニード様ぁああ!!」

「素敵ぃいい!!」

先頭を切って入場するレオニードに歓声が上がる。

そしてルーファスにも。

「おい、王女殿下の護衛騎士のルーファスだ!」

「ああ、惜しいことしたな。レオニード様がいなければ確実に優勝していただろうに」

それを聞いて、別の観客は首を横に振った。

「それは分からんぞ」

「どういうことだ?」

「あの仮面の男だよ。レオニード様がいらっしゃらなくても、あいつに勝てるかどうか」

その言葉に周囲の観客たちも頷く。

「今年の大会は面白《おもしれ》え！　一体誰が新入生最強の称号を勝ち取るんだ？」

ジークとフレアも入場し、観客たちの声が歓声と共に鳴り響く。

そんな中、準決勝第一試合の開始を告げる係員の声。

「それではこれから、準決勝第一試合を始めます。ジーク・ロゼファルス、ルーファス・バゼルファート前に」

戦いの舞台に上がるジークとルーファス。闘技場は興奮のるつぼと化す。

大歓声が上がる中、フレアは違和感を覚えた。ルーファスが持っているその剣は、騎士としていつも腰から提げている剣ではない。

それは巨大な大剣だった。

「どういうこと？　何なのあの剣は……」

準決勝進出者として隣に立つレオニードが口を開く。

「お前たちは知らぬだろうが、護衛騎士としてのルーファスなど仮の姿。あの大剣を使った時にこそ、奴の真価は発揮される」

レオニードのその言葉に、背筋に寒いものを感じるフレア。

それをよそに、舞台の上で対峙する二人の男。

ルーファスは笑った。

「まさか準決勝でこの剣を使うことになるとはな。俺を怒らせたお前が悪いのだ」

静かにルーファスを眺めるジーク。仮面の奥から声が響いた。

「御託《ごたく》はもういい。さあ始めようか」


準決勝第一試合の開幕が宣言され、舞台の中央で対峙するジークとルーファスに大きな声援が送られている。

そんな中、貴賓席ではエミリアがそれを見守っていた。

レオニードとルーファスは眼下の試合会場にいるが、王女の傍には他の護衛たちがいる。

両手を胸の前で合わせて、祈るように会場を見つめるエミリア。

(ジーク・ロゼファルス、私はどうしても確かめたい。先程のあの感覚が真実なのかどうか)

そう思って、エミリアは一番近くに立つ騎士に声をかけた。

「あ、あの」

「どうされたのです？　姫」

護衛の騎士が尋ねる。

「私ももっと近くで試合を観ても構わないかしら？」

「姫。恐縮ではございますが、それはなりません。レオニード様より、貴賓席で姫をお守りせよと命じられておりますので」

「そうですか……」

しょんぼりと俯く王女の姿は、周囲の騎士たちの心を打つ。

（可愛いお方だ。レオニード様の試合をお傍でご覧になりたいのだろう）

騎士の一人が会場を眺めながら言う。

「別に良いのではないか？　我らも共に行けば問題はなかろう」

「ああ、そうだな。姫様が舞台の傍にお行きになれば、会場も更に盛り上がるというもの」

騎士たちのその言葉にエミリアの表情が明るくなる。

「本当ですか⁉」

無邪気に微笑む王女。古株の騎士は、それを見て少し昔を懐かしむ。

（幼い頃は、いつもこんな笑顔で王宮の庭を走り回っておられたものだ。レオニード様のことを悪く言うつもりはないが、何でも自分の考えを姫に押し付けるところは気に入らぬ。やはり姫にはこの笑顔がよく似合うのだから）

そう思いながら、一人の少年のことが脳裏をよぎる。そして小さく呟く。

「あのお方が生きていれば違ったのであろうか？」

古株の騎士は、驚くほど利発で少し大人びたその少年のことを、懐かしく思い返す。

（あのお方の前では、姫はいつも笑っていた。運命とは呪わしいものよ。あのお方には魔力が無く、預けられたトレルファス家の二人が今、ここでこれほどの喝采《かっさい》を浴びているのだから）

騎士は戦いの舞台でルーファスと対峙する仮面の男を眺める。

そして、先程あの男が見せた、神業とも呼べる剣技を思い出した。

（あのジークという男、恐ろしいほどの腕前だ。皮肉だな。もしもルオ様にあれほどの力があ

れば）

全ては変わっていただろうと騎士は思う。王女の隣に立っていたのも、恐らくはルオだったのだろうと。

「それにしても信じられん。あの強さで第三等魔法格だとは」

彼はそう呟くと、貴賓席の椅子から立ち上がる王女に歩み寄った。

「参りましょう、姫。たまには好きなようになさいませ。もしもレオニード様から咎《とが》められるようであれば、このグレイブがその責めを負いましょう」

グレイブと名乗った騎士に、王女は昔のように微笑んだ。

「ありがとうグレイブ。変わらぬ貴方の忠義に感謝します」

その言葉にグレイブは恭しく一礼すると、王女を促す。

「さあ、急ぎましょう、姫」

「ええ、行きましょう」

まるで妖精のように可憐な足取りで会場に向かうエミリア。

そんな中、戦いの舞台を眺めている観客たちから大きなどよめきと歓声が上がる。

ジークたちの戦いに何か大きな動きがあったのだと知り、エミリアはその足を速めた。

エミリアが貴賓席から離れた丁度その頃。

戦いの舞台では、ジークとルーファスが対峙していた。

例年以上の盛り上がりを見せる実戦式戦闘術の試合。その準決勝ということもあり、観客たちは固唾《かたず》をのんで行方を見守っている。

観客の一人が言う。

「おい、見ろよ。ルーファス様のあの剣」

「ああ、あれは一体何なんだ？」

「二回戦まで使っていた剣とは全く違うぞ！　なんてデカい剣だ。あんなものがまともに使いこなせるのか？」

そう思うのも当然だろう。その刀身は身の丈ほどもある。王女の護衛の任で使っている片手剣とは、似ても似つかない。

「それに、構えも今までとは違う」

「何なんだあの殺気は！」

観客席まではっきりと伝わってくるような魔力と闘気。そこには強い殺気が込められている。

二回戦まではいかにも騎士というオーソドックスな構えだったが今は違う。

腰を低く落とし、両手で巨大な大剣を握ってジークを見据えていた。獣のごとき体勢だ。

それに続いて、今度はルーファスの姿に変化が生じる。

「髪の色が……」

「ああ、赤く染まっていく」

ブロンドだったはずのルーファスの髪の色が、赤くなる。

それだけではない。手にした大剣の刀身も紅《くれない》に染まっていった。

「な、なんだこれは……」

「あれは本当にルーファス様なのか？」

まるで別人のようなその姿に観客たちは悟った。

今までの試合で見てきたルーファスと、今ジークの前に立つ男は似て非なるものだと。

そして、更に膨れ上がっていく魔力と闘気。

「この魔力、これはまるで……」

「英雄クラスの力だ」

第一等魔法格の中でも上位に当たる力を持つルーファス。だが最上位に位置する英雄クラスには及ばないはずだった。

しかし今、観客たちが感じているのは、紛れもなく英雄クラスの力だ。

戦いの舞台の傍で試合を見守っているフレアは、呆然とそれを眺めた。

「この力……ありえないわ。さっきまでのルーファスとは全く違う」

彼女は紅の大剣に視線を走らせる。

(あの剣は一体何なの？　間違いない、あれがルーファスに力を与えている)

その恐ろしいほどの力。それが更に爆発的に高まるのを感じて、フレアは思わず叫んだ。

「ジーク‼」

その場にいる者たちは見た。

ルーファスの姿が掻き消える様を。

あまりのスピードにそう見えたのだ。ジークの前にいたはずのルーファスは、いつの間にか彼を通り過ぎ、その後ろにいる。

すれ違いざまに剣を振ったのだろう、あの巨大な大剣は見事に振り切られていた。

ルーファスの唇が笑みを浮かべた。

「これは、ほんの挨拶代わりだ」

観客たちは次の瞬間、その言葉の意味を知る。

何かが高く宙に舞い上がって、戦いの舞台に落下すると転がった。そして、それは鮮やかに二つに割れる。

どよめきと歓声が上がる観客席。

「お、おい、あれはルーファス様がやったのか？　俺には見えなかったぞ」

「そうに決まってるだろ、他に誰がいるんだ」

「何て速さだ……」

そこに転がっているのはジークの肩当だ。見事な切り口で真っ二つにされている。

まるでこの試合の前に、ルーファスがされたのと同じように。

ルーファスは再び剣を構える。そして、ジークに宣告した。

「もう二度と貴様ごときに不覚はとらん。今なら貴様の剣の動きも見える、次の一撃は容赦はせん。俺を怒らせたことを後悔するのだな」

勝ち誇ったように笑うルーファス。

ジークはゆっくりと振り返り、剣を構えた。

「よくしゃべる男だ。いいだろう、もう一度やってみろ」

ジークのその言葉に、ルーファスの笑みが消えていく。

「愚かな男だ。負けを認め、地にひれ伏して詫びれば見逃してやったものを。今の俺は、英雄と呼ばれる者たちの領域に足を踏み入れている。それが分からんとはな」

赤く変わった髪が闘気で後ろに靡き、大剣が更に鮮やかな色に染まっていく。

そんな光景を、貴賓席から会場の方へ降りてきた王女は見た。距離はまだ離れているが、その姿は明らかに普段のルーファスとは違う。

エミリアは息をのんだ。

「ルーファス……あの姿は一体」

王女の隣に控える騎士、グレイブが呻《うめ》く。

「あの大剣。やはり、ルヴェオンの剣か」

「ルヴェオンの剣、それは一体何なのですか？」

エミリアの問いに、グレイブは頷くと答えた。

「姫。バゼルファート上級伯爵家、ルーファスの家に代々伝わる英雄の剣です」

「英雄の剣？」

グレイブは続ける。

「いにしえの時代、バゼルファート家に生まれた英雄。紅の闘士と呼ばれた英雄ルヴェオンが使っていた剣のことです」

「英雄ルヴェオン、私も名前ぐらいなら聞いたことがあります。それではあの剣は……」

「はい、英雄ルヴェオンが使っていたという剣。妙な噂がある剣です」

エミリアはグレイブに尋ねる。

「妙な噂？」

「バゼルファート家には稀《まれ》に、あの剣に選ばれし者が生まれてくる。その者があの大剣を振るうと、刀身はかつてのように真紅に輝き、そして使う者の髪は紅の闘士と呼ばれたルヴェオンのごとく赤く染まる。あの剣がそうさせるのか、それともあの剣に英雄ルヴェオンの魂が宿っているのか……理屈は謎ですが。ともかく、そう噂される魔剣とも呼ぶべき大剣です」

「魔剣……」

その不穏な響きに、王女の可憐な顔に不安の色が浮かぶ。

「ええ、選ばれし者以外が使えばその者を狂戦士へと変え、最後にはその命まで吸い尽くすという恐るべき剣です。まさか、あの剣をルーファスがレオニード様以外に使うとは。ルーファスでさえあの変貌ぶり、普段は自ら封じている剣です」

グレイブは戦いの舞台に目をやると言った。

「ですが、ルーファスがあの姿になった以上、ジークという男にもはや勝機はありますまい。いや、無事では済まぬかもしれませぬ。ルーファスは今や、英雄クラスの力を持った戦士といってもいいのですから」

その言葉に、エミリアも対峙している二人の姿を見つめる。

そして、ギュッとその胸に手を押し当てた。

（ジーク・ロゼファルス……）

エミリアは、いつの間にか自分があの仮面の男の為に祈っていることに気が付いた。

本来なら、自らの護衛騎士であるルーファスを応援するべきだとは分かっている。

可憐な王女は、その長いまつげを震わせながら戦いの行方を見守っていた。

一方で、戦いの舞台では、二人の男の間に凄まじい殺気が漂っている。

対峙するジークとルーファス。

英雄の末裔《まつえい》である赤い髪の戦士は言う。

「俺はこの剣に選ばれたのだ。英雄ルヴェオンの力を秘めたこの剣にな。先程の一撃などただの挨《あい》拶《さつ》代わりに過ぎぬ。ふふ、見せてやろうこの剣の本当の力をな!!」

ジークは静かにルーファスを見つめる。そして答えた。

「言ったはずだぞ。やってみろと」

それを聞いて、先程よりも遥かに膨れ上がっていくルーファスの魔力。まるで手にした剣がそれを与えているがごとく。

その瞬間――

ルーファスの大剣が一閃する。

「くく、くははは！　馬鹿めが！　これで終わりだ‼」

大剣から放たれた強烈な魔力と闘気が、無数の剣の形に変わってジークに襲い掛かる。

その一つ一つが、あの時ルーファスが闘技場の柱に向けて放った一撃よりも遥かに強力だ。

フレアとエミリアが叫ぶ。

「ジーク‼」

「ジーク・ロゼファルス‼」

魔力と闘気で作り出された無数の剣が突き刺さって、崩れた舞台に瓦礫《がれき》が舞い上がる。

立ち上る砂埃の中で、既に勝敗は決したのだろう。

観客は皆そう確信した。

「な、何て力だ……」

「強い、強すぎる」

英雄と呼ぶのに相応しい力を目の当たりにして静まり返る闘技場。

そして思う。あの仮面の男は生きているのだろうかと。

砂埃が晴れ、大剣を握るルーファスの姿が現れる。

観客から声が漏れた。

「やはり、勝ったのはルーファスだ」

「当然だ。あんな技を喰らって相手が立っていられるわけがない」

だが――

ゆっくりと晴れていく瓦礫の煙の中に、もう一人の人影が浮かび上がる。

恐るべき闘気が込められた魔法の剣の嵐に襲われたはずの場所で、何事もなかったかのように佇《たたず》んでいる。

その姿に観客たちは目を見開く。

ルーファスの魔力の剣、その最後の一つがジークの放った氷の刃に貫かれ、打ち砕かれていく。

観客たちは思わず立ち上がる。そして叫んだ。

「ま、まさか……あいつ、さっきの攻撃を全て打ち落としたのか⁉」

「そんな馬鹿な！　一体幾つあったと思っているんだ！」

「あ、あり得ない‼」

それを見たグレイブも衝撃を受ける。

（一体あの男は何者なのだ？　あの一瞬でルーファスの攻撃を全て見切り、それを打ち砕く刃を同時に放ったとでもいうのか⁉　何という男だ！）

魔力の剣に続き、今度はルーファスが手にしている大剣が、音を立てて砕けていく。

それをなしたのはジークが右手に握る剣だ。無数の刃を全て打ち落とし、同時に恐るべき大剣をその剣で砕いたのだ。

ルーファスの目は怒りに染まっている。

「馬鹿な……俺は英雄ルヴェオンの力を手にしたのだ！　この剣に選ばれたのだ！　貴様ごときに負けるはずが無い、ぐぅうう‼」

しかし、言葉とは裏腹に、まるで剣の力を失ったかのように、ルーファスの赤い髪が元の色に戻っていく。

同時にその体はゆっくりと床に崩れ落ちる。そして意識を失った。

ジークは静かにそれを見下ろす。

「借り物の英雄の力ではお前に勝機など無い。俺はいずれ最強の英雄を倒す、その為だけに生きてきたからだ」

あれほどの技を放ったルーファスが敗北し、第三等魔法格の人間が勝利する。常識的にはあり得ない状況だ。

観客たちは、それをなした仮面の男の姿を見つめる。

そして、再び闘技場は静寂に包まれた。そんな中、審判の声が響く。

「じゅ、準決勝第一試合……しょ、勝者！　ジーク・ロゼファルス!!」

その瞬間——

まるで地鳴りのような大歓声で闘技場全体が揺れる。

「「うぉおおおお!!」」

皆、口々に今の戦いを褒めそやす。ルーファスの攻撃を全て撃ち落とした技量、英雄の剣を砕いた力……どれも初めて目にする高次元のものだった。

一人の観客が「何て奴だあの仮面！　凄《すげ》え!!」と言えば、隣にいた女性客が首を横に振る。

「仮面じゃないわ！　ジーク・ロゼファルスよ!!」

「ジーク！　素敵よ‼」

「ジーク様ぁあ‼」

女性客からも大歓声が上がる。まるで新しい英雄が誕生したかのような光景。

そんな様子を見て、フレアは少しツンとした表情で言う。

「何がジーク様よ。当然じゃない、ジークはこんなものじゃないわ」

赤毛の美少女は少し誇らしげにしながらも、ほっと胸を撫でおろす。

そして思わず呟いた。

「ルーファスの奴、普通じゃなかったわ。ジークじゃなかったら相手は死んでたわね」

彼女はゾッとしながら隣の男——レオニードを眺める。父親から聞いた話を思い出したからだ。

（レオニード……こいつ、あの状態のルーファスに勝ったってこと？　僅かに頬に傷をつけられただけで）

フレアは舞台に転がるジークの肩当を眺める。そして唇を噛んだ。

（ジークとレオニード、一体どちらが強いの？　まだこいつの手の内が分からない。私にもっと力があれば、ジークの役に立てるのに）

次に控えるのは準決勝第二試合。そこではフレアがレオニードと戦う。

その戦いで、レオニードの手の内を少しでも暴ければ、とフレアは思ったのだろう。

少し頬を染めるフレア。

「馬鹿馬鹿しい、どうして私があいつのことを心配しなきゃいけないのよ」

彼女は首を振って気持ちを切り替える。

（きっと勝つわ。そうでしょう？　ジーク）

そう思いながら舞台上のジークを眺めるフレア。その様子は、勝気ながらも可憐であった。

戦いに敗れ、完全に気を失っているルーファスが、試合会場から運び出されていく。

試合に勝利し、舞台から降りてくるジークに駆け寄るフレア。

「ジーク！」

そう声をかけた時、もう一人の少女が会場の入り口からこちらに駆け寄ってくるのを見た。

その意外な人物の姿に、フレアは驚く。王女のエミリアだ。

すっかり試合に気を取られていて、王女とその護衛の騎士たちが貴賓席から会場に降りてきていたことに初めて気が付く。

（どうしてエミリア王女が⁉）

王女が婚約者のレオニードではなく、ジークのもとに駆け寄ってきたことに更に驚く。

息を切らしてジークの前に立つと、彼を見つめる王女。

「ジーク・ロゼファルス……」

王女に名を呼ばれて、舞台の上から静かにそちらを眺める仮面の男。

エミリアは彼を見上げて、祈るように両手を胸の前に合わせると声をかけた。

「ジーク・ロゼファルス、私は貴方に尋ねたいことがあるのです」

4、蝶のブローチ

エミリアはそう言うと、可愛らしい蝶の形のブローチを取り出した。

後ろに控えるグレイブはそれを見て思う。

(あのブローチは、姫がまるで何かのお守りのように肌身離さず持っているもの。一体、何故この男に？)

王女はそのブローチを大事そうに手のひらの上に乗せると、ジークに尋ねる。

「ジーク・ロゼファルス。貴方はこのブローチに見覚えはありませんか？」

「さあ、私には」

ジークは静かに首を横に振る。

エミリアはギュッとそのブローチを握りしめて、もう一度尋ねた。

「本当ですか？　大切なことなのです！　私にとっては何よりも……」

「申し訳ございません王女殿下。私には心当たりがございません」

その口ぶりはあまりにも自然で、本当に覚えが無いように見えた。

落胆し、俯くエミリア。

「そ、そうですか……」

王女の頬を涙が伝っていく。

ブローチを握った手をしっかりと胸に押し当てて瞳を閉じた。

そんな王女に向かって、仮面の男は静かに口を開く。

「ですが、それを贈った者は喜んでいることでしょう。貴方がそのブローチをとても大切にしてくれていることを。殿下の笑顔にとてもよく似合う」

その言葉に、エミリアはハッとしたようにジークを見つめた。

(私の笑顔に……あの時、ルオ様もそう仰ってくれた)

それは偶然なのだろうか？　それとも。

いつも蝶々を追いかけていたエミリアを見て、ルオがプレゼントしてくれた一番の宝物。でも恥ずかしくて、誰から貰ったものかは友人にも打ち明けたことが無い。

皮肉なことに、だからこそ取り上げられずに済んだ、唯一のルオとの思い出の品だ。

(いいえ、彼が何者かは関係が無い。私は決めたはずです。もしも彼がウェインに勝利したのであれば、私自身が変わるのだと)

エミリアはそのブローチを胸につける。

ルオが訪れなくなってからはお守りのように持ち運び、身に着けたことは無い。いつかまた会える日を夢見て。

可憐な王女の瞳に強い意志の光が宿る。

「ジーク・ロゼファルス。私に力を貸してくださいませんか？　私はこの国を変えたい、魔法格にない。

縛られているこの国を。人の価値はそれだけではありません。私はそう信じています！」

周囲の者たちは息をのんだ。魔法格が絶対の価値を持つこの国の王女が口にして良い言葉では
ない。

ジークは静かに首を傾げる。

「何故私に？　殿下なら、他に頼る者はいくらでもいらっしゃるでしょう」

「分かりません。ですが、貴方には私の気持ちが分かって頂けるような気がするのです」

フレアは呆然とエミリアを眺める。

（大胆なお姫様ね。自分の言っていることの重大さが分かっているのかしら？）

だが、次の瞬間――

王女の顔が苦痛に歪んだ。

「いやっ！」

その白く細い手首を掴んでいるのはレオニードだ。

「エミリア様、戯《たわむ》れが過ぎますよ。この国の王女としてあるまじきその言葉、婚約者としてとても見過ごせません。貴方はただ私に従い、傍で微笑んでおられればいいのです」

「やめて、レオニード！　もう嫌なのです、私は貴方の人形じゃない!!」

エミリアの言葉に、レオニードの瞳に怒りの色が滲む。手首を握る手に力が込められる。

グレイブが思わず声を上げた。

「レオニード様！　おやめくださいませ!!」

そう言って駆け寄ろうとしたその時——

グレイブは見た。レオニードの手を払いのけ、エミリアの前に立つ男の姿を。

舞台の上からいつの間に動いたのか、恐るべきその速さ。

美しい王女はその背を見つめる。

「ジーク……」

レオニードの瞳はジークを射抜いている。

「忠告したはずだぞ。そのお方は、貴様が触れて良いお方ではないとな」

「それは俺が決めることだ。お前に命令される覚えは無い」

騎士爵家の使用人とは思えないその堂々とした態度。それを見て、レオニードの身体から今までに無いほどの強烈な魔力が立ち上る。

フレアは背筋を凍らせる。

(何なのこの魔力……あり得ない、ルーファスなんて比較にならないわ。これがこの男の本当の力なの？)

ルーファスは剣の力を借り、英雄の領域に僅かに足を踏み入れた。だが、目の前の男は違う。明らかに英雄と呼ばれるのに相応しい力を持っている。

(まさか、ここまでの力を持っているなんて)

あまりにも膨大な魔力に、フレアは思わずその場に立ち尽くす。

その魔力の持ち主はジークに語り掛ける。

「どうやら、貴様の存在が殿下を惑わせるようだな。ふふ、もうお前の仮面の下の素顔などどうでもいい。私との戦いが無事に済むとは思わぬことだ」

ジークは静かにレオニードを眺めると答えた。

「ならば試してみることだ。言ったはずだぞ、お前では俺には勝てないとな」

眼下で繰り広げられる光景に、観客席が騒がしくなっていく。

「どうなってるんだ？　何で王女殿下があんなところに」

「揉めているみたいだぞ？　一体何があったんだ」

さざ波のように広がっていく観客たちの声。前列で見ていた者達は囁き合っている。

「い、今、王女殿下が仰ってなかったか？　魔法格に縛られているこの国を変えたいって」

「あ、ああ。俺にもそう聞こえた……」

「それに、殿下に触れたレオニード様の手をあの男が振り払ったぞ」

その言葉に他の観客も頷く。

「どうなってる？　まるであの仮面の男が、王女殿下を守っているように見えるぞ!?」

「馬鹿言うな。レオニード様は、エミリア殿下の婚約者だぞ？　どうして、婚約者から守らなければならないんだ」

隣の女性客は会場を眺める。

「でも、王女殿下は嫌がってる様子だったわよ！」

「ええ、私にもそう見えた。ジーク様が庇ったように見えたわ」

戦いの舞台から掻き消えるように姿を消したと思った瞬間、レオニードの前に現れ、その手を振り払った仮面の男。彼の姿は、女性客たちに好ましく映ったようだった。

「ジーク様、素敵……」

「まるで王女殿下のナイトだわ」

ざわめく会場。貴賓席では高位貴族たちが騒ぎ始める。

「こ、これは、一体……」

「どうなっているのだ⁉　何故あの男が王女殿下の傍に！」

「騎士爵家の使用人の分際で！　身の程を知らぬ奴め‼」

傲慢な顔を怒りに染める貴族たち。その一方で、動揺したように声を上げる貴族も現れる。

「だ、だがしかし、あの男はルーファスまで倒した。まさか、レオニード様まで……」

「馬鹿を申すな！　あり得ぬ、いずれこの国の英雄に名を連ねると言われているお方だぞ！　あのようなどこの馬の骨とも分からぬ男に敗北などするものか‼」

「あ、ああ。レオニード様が負けるはずがあるまい！　今度こそ、卑しい仮面が惨めに打ちのめされる姿が見られるというもの‼」

ウェインの父親であるギルスフェルト上級伯爵は、そう言って拳を振りかざす。

そして叫んだ。

「レオニード様、どうか我が息子の仇を‼」

それぞれの思惑の中、再び闘技場は大歓声に包まれていく。まるで、今すぐに対峙している両者の戦いを望むかのように。

戦いの舞台の傍で高まっていく緊張感。エミリアは、ジークの背にそっと手を当てて彼の名を呼ぶ。

「ジーク……」

美しき婚約者のその姿に、レオニードの瞳に殺気が宿っていく。

レオニードはジークに言った。

「舞台に上がれ、ジーク・ロゼファルス。決着をつけよう」

それを聞き、審判を務める男は困惑する。

「レ、レオニード様。しかし、これからまだ準決勝第二試合が……」

その言葉にフレアが答えた。

「構わないわ、私が棄権するもの。こんな化け物とやり合うのはごめんよ。それに、ルーファスはもう戦えない。なら三位を勝ち取ったのはこの私。その決定戦も不要でしょう?」

そう言って、微笑むフレア。レオニードは何も言わずに先に戦いの舞台に上がる。

フレアはジークに歩み寄ると言った。

「勝ちなさいよ、ジーク」

何も答えずに舞台に上がるジークに、フレアは肩をすくめた。

(あんたが負けるところなんて見たくないわ。この国を手に入れるんでしょう? あんたが奪われたものを取り戻すために)

勝気な少女は、自分がジークの勝利を祈っていることに気が付く。

隣で胸のブローチを手で握りしめて祈る少女と同じように。

期せずして始まろうとする決勝戦に、闘技場が揺らぐような歓声が響く。

「「うぉおおおおお!!」」

「おい、どうなってんだ!?」

「分からねえ。だが、この試合だけは見逃せねえよ！」

「ああ、レオニード様とあの仮面の男！　一体どっちが勝つんだ!?」

「そんなの俺に分かるわけないだろ！」

関係者たちが先の戦いで崩れた舞台を魔法で修復し終えたところで、審判が告げる。

「準決勝第二試合、フレア・トレルファス棄権により、勝者レオニード・ロイファルト！」

そこまで言って審判は深呼吸する。そして改めて宣言した。

「そのため、これから決勝をとり行うことにいたします。決勝に勝ち残ったのはこの二人！　レオニード・ロイファルト、そしてジーク・ロゼファルス!!」

二人の名が呼ばれると、大歓声が上がる。

そして、一転して静まり返る闘技場。皆、固唾をのんで戦いの舞台で向かい合う二人の男を見つめていた。

審判は試合の開始を告げた。

「そ、それでは決勝戦を開始します！」

まるで空気が固まったかのような緊張感が闘技場を包んでいく。

その中心にいるのはジークとレオニードだ。

レオニードの魔力が更に高まっていく。

「身の程を知らず殿下に近づくとは。愚かな男だ、すぐに後悔することになる」

その言葉にジークは答えた。

「御託はもう十分だ。愚かかどうか、お前自身で試してみろ」

対峙する二人。高まりゆくレオニードの魔力が、戦いの舞台の床にひびを刻んでいく。

振動する大気に、闘技場全体が震えているかのように思える。

フレアは息をのんだ。

「何て魔力なの！　頑丈な舞台が壊れてしまいそうだわ」

「ああ、ジーク……」

エミリアは可憐な目を見開いて舞台の上を見つめる。

同じように戦いを見つめる観客たちからも、声が漏れる。

「これがレオニード様の本当の力……英雄クラスの魔力か！」

「どうなっちまうんだ、この戦い」

「馬鹿野郎！　感じないのかこの力を！　あの仮面の男だって勝てるわけがない！　こんなとてつもない力に抗えるはずが……」

貴賓席に座る高位貴族たちは、その高慢な顔で勝ち誇ったように言う。

「くくく、愚かな奴だ！　レオニード様を本当に怒らせるとはな！」

「ふふ、あの男。生きてはあの舞台を下りられまい」

「見ろ、黄金に輝くレオニード様のお姿を！」

その貴族の言葉通り、戦いの舞台に立つレオニードの体は黄金に輝いている。溢れ出す膨大な魔力が強烈な輝きを放っているのだ。

フレアはそれを見て震えた。

「この力、ただの英雄の力じゃない。まさか、いくらレオニードでもそんな真似が出来るなんて……」

勝気な少女の瞳はレオニードの額を見つめていた。そこに浮かび上がった紋章。

グレイブも思わず呻く。

「第三の瞳の解放か！　ま、まさか。英雄の中でも限られた者にしか出来ないはずだ!!」

フレアは拳を握りしめる。

「こんな力を隠してたなんて。聖印と呼ばれる第三の瞳、これを開いた者は英雄の中の英雄とされる魔導の奥義……！」

レオニードは舞台の上から静かにエミリア王女を眺める。

そして宣告した。

「私はいずれこの国最強の男となる。王女殿下、貴方は私の傍に座って、ただ笑っておられればいいのだ。二度と他の男の力を借りるなどと思わぬよう、この下賤《げせん》な男は消し去ってやりましょう」

「やめて！　レオニード!!」

あまりにも圧倒的な力を感じ、胸の蝶のブローチを握りしめて叫ぶエミリア。

王女が叫んだ瞬間――

凄まじい光が、戦いの舞台に叩きつけられる。

まるで稲妻のようなその一撃はジークに直撃した。

エミリアはか細く声を漏らす。

「そ、そんな……」

死しかあり得ない一撃。抗うこともかわすことも出来ずに、ただ焼き尽くされるしかないほどの魔撃だ。

「ジーク!!」

フレアが叫ぶ。だが、そこにいる男はもう死んでいるはずだ。

凄まじい雷撃に黒焦げになったであろう男。

しかし――

男は倒れることは無い。それどころか、何事もなかったかのようにそこに立っている。

仮面の男は静かにレオニードを見据えていた。

レオニードの眼差しが鋭くなる。

「……まさか、貴様」

仮面の隙間から黄金の輝きが漏れ出ている。それは、男の額から溢れ出る光。

レオニードの顔に、初めて動揺の色が浮かんだ。

ジークの体から黄金の魔力が湧き上がる。まるでレオニードと同じように。

グレイブが驚愕に満ちた眼差しでジークを見つめる。

「ば、馬鹿な！　あの男も聖印を開いたのか⁉　そ、そんな真似が出来る者が二人も……」

その先は口に出さず、胸中で呟く。

（あり得ない。これほどの力を持った者が士官学校の新入生だなどと）

フレアとエミリアも言葉を失っている。

レオニードはジークの姿を見て哄笑《こうしょう》する。

「くく、くはは！　面白い。だが、私はいずれこの国最強の英雄となる。貴様ごときに敗れるはずも無い」

先程の雷撃を防いだ黄金の光。その輝きに包まれたジークは、レオニードに答えた。

「英雄になる？　ならばお前に勝ち目は無い。俺が目指したものは、最強の英雄を喰らう者だからだ」

「最強の英雄を喰らう者だと？」

レオニードは目の前の仮面の男を眺める。

「ふふ、ふふふ。そうか、もしやと思ったがその仮面の下の顔は……騎士爵家の使用人だなどと、下らぬ小細工を」

「言ったはずだぞ、俺の名はジーク・ロゼファルス。違うと言うのであれば、俺に勝ち、この仮面を剥がしてみることだ」

ジークの言葉にレオニードは笑みを浮かべる。

「その必要は無い。仮面ごと貴様を消し去る、亡霊の行くべきところへな」

グレイブはそれを聞いて呟く。

「どういうことだ？　亡霊の行くべきところとは一体……」

彼はふと、傍でただひたすらジークの為に祈る少女に目を向ける。可憐で美しいこの国の王女だ。

それから、彼女がジークに見せた愛らしい蝶のブローチを思い出す。

そして、エミリアが放った強い意志のこもった言葉。それは、ある少年を救えなかった彼女の魂の叫びだ。

グレイブはもう一度舞台の上の男を見る。銀色の仮面をつけた男を。

そして、目を見開いた。

「ま、まさか……」

思わずよろめく歴戦の騎士。

(あのお方なのか？　今、エミリア様の前におられるのは、あのお方だと言うのか⁉　エミリア様は、仮面の男にあのお方と同じ何かを感じ取っておられるとでも？)

あり得ない想像に、グレイブは呻く。

「そ、そんなことがあるはずが無い。あのお方は亡くなられたのだ」

だが……と彼は思う。

（だが、もしそうであるのなら頷ける。あの仮面の男の、最強の英雄を喰らう者という言葉も。そしてレオニード様の、亡霊の行くべき場所という言葉の意味も）

この国最強と呼ばれる英雄の息子でありながら、十年の間まるでゴミクズのように扱われてきた男。

これが、残酷で無慈悲な父親への復讐だとするのならば。

「死んだはずの男が、亡霊のごとく現れたとでも言うのか？」

それが事実だとして、一つの疑問が生じる。

（あのお方は魔力すら無い。もしも、俺の考えていることが正しいとしたら一体どうやったのだ？）

魔力すら無い者が、聖印を開くほどの男に立ち向かうことなど出来るはずも無い。

その時、凄まじい光と音が辺りに鳴り響く。降り注ぐ幾多の雷撃、それはまるで逃げ場の無い雷の雨のように、戦いの舞台に降り注いだ。

観客席からは、悲鳴と大きなどよめきが上がる。

「凄い！　あんな雷撃を一度にあれほどの数！」

至るところが崩れかけている舞台。瓦礫が舞い上がって、またも舞台を覆い隠す。

「どうなったんだ、一体」

「決着がついたのか？」

まるで霧のように舞台を覆っていた瓦礫の塵が、ゆっくりと地面に落ちていく。

そこにはあれほどの雷撃にもかかわらず、変わらず佇む男の姿がある。

そんな中、一人の女性客が立ち上がると声を上げた。

「見て！　あれを!!」

鮮明になっていく視界の中で、観客席にいる者たちは見た。

地上に描かれているものを。

「これは何だ!!」

観客たちはようやく気が付いた。

フレアは呆然と呟く。

「まさか、今のはこれを描くために……」

先程の雷撃の嵐が地上に刻み込んだのは、巨大な魔法陣だ。

まるで雷撃からレオニードの魔力が流れ出し、溶け込んだように黄金に輝いている。

レオニードは静かに右手をかざす。更に強烈な光を帯びる巨大な魔法陣。

「終わりだ、仮面の男よ」

赤毛の美しい少女は凄まじい力を感じて思わず叫んだ。

「ジーク、気を付けて！　何か来るわ!!」

フレアがそう叫んだ瞬間、魔法陣が強烈な光を放つ。

「「ジーク!!」」

エミリアとフレア。二人の少女は同時にそう叫んだ。

レオニードを中心に描かれた巨大な魔法陣、それが放つ閃光に視界を奪われる。

「きゃぁあ!!」

悲鳴を上げるエミリアの体を支えながら、グレイブは目を細めた。

強烈な光の中で僅かに見えたのは、天空から地上に降り注ぐ落雷ではなく、地上の魔法陣から天空に舞い上がる雷。

そして、その雷がある生き物の形を成し、雷鳴のような咆哮を上げるのを見た。

強烈な光の中で、次第に姿が明らかになっていく。

グレイブは息をのんだ。

「こ、これは……」

フレアも目を細めながらそれを見上げている。そして、現れた存在の姿を見極めると、額から冷たい汗が流れ落ちる。

「レオニード……まさか、こんなものを召喚出来るなんて」

エミリアも空を見上げた。

「あれは！」

観客も眩しそうに額に手をかざしながら、それを仰ぎ見る。

そして、声を震わせた。

「あ、あれは精霊か！」

「馬鹿だね、ただの精霊じゃない。とんでもない魔力だ！」

魔導士のローブに身を包んだ女性の観客が、その声に答えるように言った。

手にした杖は高位の魔導士が使うものだ。魔導に造詣《ぞうけい》が深い者だろう。

「信じられない。魔導書に書かれている高位精霊……それも聖獣と呼ばれるほどの存在。あんなものを喚《よ》び出せるなんて！」

「せ、聖獣だと!?」

「ええ、それだけで一騎当千。英雄と呼ばれる者でも、聖獣ランクの精霊を従える者なんて滅多にいないわ」

天空で咆哮を上げているのは、黄金の光を放つ巨大な獅子だ。金色のたてがみを靡かせ、幾多の雷を身に纏《まと》っている。

彼女が言うように、それは戦場であれば一騎当千、一頭で敵の兵士を焼き尽くすだろう。

グレイブにはその聖獣に心当たりがあった。

「雷王《らいおう》ゼギレオスだと……まさか、レオニード様はあんなものを使役できるとでもいうのか？」

エミリアはそんな中、戦いの舞台に立っているもう一人の男を見つめていた。

「ジーク!!」

レオニードは婚約者の自分ではなく仮面の男の為に祈る王女に向けて、冷酷な笑みを浮かべる。

「エミリア殿下、貴方は愚かな女だ。今から死ぬ男の為に祈るとは。誰を愛するべきなのか、後でゆっくりと教えて差し上げましょう」

そして、ジークの方を眺めると言った。

「もう俺の雷から逃れることは出来んぞ。ゼギレオスはどこまでもお前を追い、あの牙でお前を噛み砕き、焼き尽くす」

レオニードの言葉通り、周囲に満ちている魔力は先程とは比較にならない。

雷王と呼ばれる聖獣を従えたレオニードの魔力は、更に高まっていく。

次の一撃は聖獣の姿と一体となり、ジークをどこまでも追い焼き尽くすだろう。

エミリアは叫んだ。

「ルオ様!!」

目の前の仮面の男がルオなのか、エミリアには分からない。

でも、その名を呼びたかったのだ。長く自分の中に封じ込めてきた想いを込めて。

(神よ、私はどうなっても構いません！　あのお方をお守りください!!)

両手で強く胸のブローチを握りしめる。

その瞬間――

怒りと高慢さに満ちた男の、勝ち誇った声が舞台に響く。

「ふふ、お前はもう終わりだ。亡霊に相応しく地獄に送ってやろう！」

ジークは静かにレオニードに答えた。

「御託はもういいと言ったはずだ。試してみろ」

「愚か者が！　灰となって死ねぇえええい!!」

天空の獅子が咆哮し、雷撃と化してジークに襲い掛かる。その様を目の当たりにしてフレアは絶叫した。

まさに生ける雷といったその姿。それは誰であろうと逃れ得ぬ死を与えるであろう、雷撃の獅子。

「ジークぅうう!!」

天が鳴動《めいどう》し、大地が揺れる。それほどの雷撃が直撃し、戦いの舞台は光に包まれる。

その輝きに目がくらんだ観客たちは、思わず声を上げた。

「ど、どうなったのだ一体？」

「何言ってるんだ、今のを喰らって生きている者などいるはずが無いだろうが！」

「ああ、相手は聖獣だ。あの男でも、焼き尽くされて灰になるしかない」

徐々に光が収まっていく。

だが――

そんな中で人々は見た。何かに怯えるように、仮面の男の前でその牙を止めている雷の獅子の姿を。

レオニードは怒りに歪んだ顔で聖獣に命じる。

「何をしているゼギレオス！　その男を殺せ!!」

ジークは静かに言った。

「無駄だ。やはりお前は何も分かっていない」

その言葉にレオニードは目を血走らせて叫ぶ。

「ふざけるな！　この私が何も分かっていないだと？　お前と私が同じだと思うなよ、貴様の聖印はまだ僅かに開いたばかり。私ほどの力は無いことなど分かっている」

ジークはゆっくりと前に一歩進み出る。気圧されたように呻り声を上げると、後ろに下がる聖獣。

「開いていないのはお前の瞳の方だ。教えてやろう。第三の瞳、聖印を完全に制御し開くことが出来る者の力を」

「な、何だと！」

ジークの仮面から強烈な光が溢れ出る。

凄まじい魔力の奔流《ほんりゅう》。それはまるで渦を巻くようだ。

グレイブは驚愕に目を見開いた。

「な、何だこの力は……」

湧き上がった魔力は上空へと向かっていく。グレイブは空を見上げた。

「なっ!!」

観客たちも一斉に空を見上げる。

「な、何だあれは！」

「お、おい嘘だろ」

「……あり得ない。こんなものを作り出せるなんて！」

皆の視線の先には、天空に輝く白い光がある。

そこには闘技場どころか、この地を中心に街を覆い尽くさんばかりの巨大な魔法陣が、姿を現していた。

5、天空の門

闘技場に集まった人々は空を見上げていた。

いや違う、彼らだけではない。大国アルディエント、その都に住む者たちは一様に天空を仰ぎ見ていた。

そして、そこにある光に目を奪われる。

白銀の光を放つ巨大な魔法陣。その神々《こうごう》しい輝きに。

「あ、あれはなんだ……」

王宮にほど近い、アルディエントの騎士団の練兵場。そこに集まる騎士たちも空を見上げている。

呆然としていた若い騎士の一人が、傍にいた女性の騎士に慌てて声をかける。

「ディアナ様！　あ、あの光は一体!?」

ディアナと呼ばれたその女性の、輝くようなブロンドと、引き締まった肉体。そして、そのプロポーションと凛々しい美貌は見る者を皆、虜《とりこ》にすることだろう。

外見の年齢はまだ二十代前半だろうか。だが、その存在感は他の騎士たちとは明らかに違う。

長い耳はエルフである証だ。純血種のエルフなどそう残ってはいない。

慌てふためく兵士たちを前に、ディアナだけは静かに天空に広がっていく魔法陣を眺めている。

美しく切れ長の瞳、その唇が言葉を紡ぎ出す。

「ほう、私たち三人以外にあれを開くことが出来る者がいるとはね。面白いじゃないか」

ディアナの言葉に、傍にいる若い騎士は尋ねる。

「ディアナ様、あれとは一体？　あの光が何なのかご存知なのですか!?」

美しいブロンドの女騎士はそれには答えずに、傍に繋いである白馬に乗ると命じた。

「都全域に第一級警戒態勢を発令する！　今すぐ闘技場を包囲しろ。あれを作り出した術者が誰なのか分かるまでは警戒をおこたるな!!」

「はっ！　畏《かしこ》まりました、ディアナ様!!」

騎士たちは、ディアナの命令で一斉に動き出す。

だが、もうその時には美しいブロンドの女騎士は疾風《しっぷう》のようにその場から消え去り、単独で闘技場へと向かっていた。

白馬にまたがりながらディアナは呟く。

「レオニードの坊やか？　いや、違う。あの坊やには、まだそれほどの力は無いからね。だとしたら一体……たかが士官学校の新入生の中に、こんな真似が出来る術者がいるっていうのかい？」

ディアナの瞳はまだ広がっていく魔法陣を見つめていた。

一方でエルフの女騎士の視線の先にある闘技場、その中でグレイブは空を見上げたまま固まっていた。

（まさかあれは！　話では聞いたことがある。もしあの光がそうだとしたら）

歴戦の騎士は、体を震わせながら天空を見つめる。

そして言った。

「ゼメルティアの門……馬鹿な、あれを開くことが出来る者など、この大国アルディエントにも僅か三人しかいない。最高位の英雄と呼ばれるあのお方たちだけだ！」

戦いの舞台に立つ仮面の男。その男が放つ魔力に、聖獣と呼ばれる雷王ゼギレオスさえ後ろに退く。

レオニードはジークを睨みつけると叫んだ。

「ゼメルティアの門だと⁉」

傲慢なその目はジークへの怒りに燃えている。

「あれを開くことが出来るのは選ばれし者だけだ！　最高位の英雄、いずれ俺が名を連ねるべき場所だ！　貴様ごときに開くことなど出来ん！　そんな真似は俺が許さん‼」

憎悪に満ちたその眼差しを意に介することも無く、ジークは静かに答えた。

「お前の許しなど必要無い。言ったはずだぞ、俺は最強の英雄を喰らう者だと」

闘技場の上空を中心に描かれた巨大な魔法陣。その中央に現れた白く輝く扉が、ゆっくりと開いていく。

開いた扉から現れたものを見て人々は叫んだ。

「あ、あれは一体！」

「何と美しい……」

天空に姿を現した白銀の狼。その九つの美しい尾が、優雅に開かれていく。

白く輝く雷がその周囲を飛び交っている。

グレイブは呆然と口を開いた。

「神獣エメラルティ……白銀の女帝」

その姿を見てレオニードが絶叫した。

「許さん！　いずれ、その扉を開くのはこの俺のはずだ！　貴様ごときが、貴様ごときがぁあ
あ!!」

怒りに我を忘れたレオニードの魔力が暴走して、凄まじい力を放出する。

限界を超えた力が雷王ゼギレオスを完全に使役し、その牙がジークに襲い掛かった。

獰猛《どうもう》な眼差し。一騎当千の聖獣の牙が、ジークを切り裂いたかと思われた瞬間。

天から白銀の雷が戦いの舞台に降り注いだ。

「ルオ様!!」

「ジーク!!」

エミリアとフレアは見た。

ジークを切り裂くはずだった雷撃の獅子が消え去っていくのを。

同時にレオニードも倒れ伏す。

「お、おのれ、この俺が、この俺が……」

そう言って完全に意識を失うレオニード。自らの魔力を暴走させ、肉体は限界を超えていた。彼

の髪は白髪に変わっている。誰が見ても再起不能に近い。

静まり返った会場の中で、ただ一人、戦いの舞台に立っている仮面の男の姿。観客たちはその時、最強の新入生が誰なのかを理解した。

いや、もしかすると、彼は史上最強の新入生なのではないかと。

「「「うぉおおおおお!!」」」

会場は割れんばかりの拍手と歓声に包まれていった。

あまりの戦いに舞台から避難していた審判が、震える声で宣言する。

「しょ、勝者、ジーク・ロゼファルス！　彼こそが今年の優勝者となります!!」

審判が優勝者の名を告げると、闘技場を包む歓声が更に大きくなっていく。

係員たちの手によってレオニードが運ばれていった。

白髪となったその姿が、この戦いの勝者が誰なのかを如実に物語っている。

天空に広がっていた巨大な魔法陣は淡い光に包まれて消え去り、美しい白銀の狼の姿も今はそこには無い。

だが、あれを喚び出したのは、間違いなく眼下の舞台に立つ仮面の男だ。今年の優勝者、紛れもなく新入生最強の男。

興奮したように声を上げる観客たちの姿。

「す、凄え!!」

「ああ、本当にあのレオニード様を倒しちまった！　何て奴だ！」

女性客たちから一斉に声が上がる。

「ジーク様ぁあ！」

「英雄よ！　新しい英雄が生まれたんだわ！」

その声に隣の男が疑問を呈す。

「で、でもよ。今まで第一等魔法格以外の英雄なんていたか？」

「いるわけないでしょ！　だから余計に凄いんじゃない!!」

その言葉に観客たちは頷いた。

「ああ、そうだ！　そうだな！」

「「「ジークぅう!!」」」

新しい英雄を讃える声がまるで波紋のように広がっていくと、それは次第に闘技場を揺るがすほどになる。

その光景を目の当たりにして、怒りに震える高位貴族たち。ウェインの父親であるギルスフェルト上級伯爵は、目を血走らせて観衆に向かって叫んだ。

「この愚か者どもがぁあ!!　英雄だと？　第三等魔法格に過ぎん騎士爵家の使用人が、英雄だとでもいうのか!?　ふざけるな!!」

他の貴族たちも一斉に怒りの声を上げる。

「ギルスフェルト殿の言う通りだ！　あのような下賤《げせん》の輩が英雄だと!?」

「おのれ、そんなことが許されるものか！」

その言葉にギルスフェルトは大きく頷くと、他の貴族たちを扇動するがごとく拳を振り上げる。

「認めはせぬ、奴は何か不正をしたに違いない！　我らが締め上げあの仮面を剥がして、全てを吐かせてくれるわ‼」

「その通りだ！　あのような下民がレオニード様に勝てるはずが無い！　我ら皆で取り押さえ、目にものを見せてくれる」

ギルスフェルトは先頭を切って舞台に向かう。

（我らは第一等魔法格の持ち主だ！　皆でかかればあの小僧とて‼）

戦いの舞台に詰め寄るギルスフェルトと、十名近い数の貴族たち。

グレイブは、彼らの異様な眼差しを見て思わず声を上げた。

「何をしに参られた⁉」

「下がっておれ、グレイブ！　殿下、その男からお離れください！」

「何をするのです、ギルスフェルト伯‼」

突然のことに目を見開くエミリアの前で、ギルスフェルトは右手に火炎を生じさせる。

「裁くのですよ殿下。薄汚い下民をね！」

息子と同じフレイムフェニックスだ。だが、その姿は優に一回りは大きい。

他の貴族たちも一斉に戦闘態勢に入る。

憎悪に満ちた眼差しで、舞台の上に立つジークを睨むと叫ぶ。

「今すぐ仮面を取れ！　そして頭を地につけて詫びよ！　貴様などが、勝者のはずが無いのだ‼」

その姿を静かに見つめるジーク。

グレイブは心底呆れた。

「裁くだと？　愚かな……怒りに我を忘れ、相手の力さえ見極められぬのか」

ジークはゆっくりとギルスフェルトたちに一歩を踏み出す。

「いいでしょう。お相手しましょう、ただ、その炎を放てば貴方は死にますよ」

仮面の下から聞こえてくる死神の宣告。

凍り付くような気配。

「な、何だこれは」

ギルスフェルトは、自分が身じろぎ一つ出来ないことに気が付く。

右手には火炎の鳥が生じているが、それを放つことすら出来ない。

男が放つ魔力に恐怖して、指先一本すら動かせないのだ。

（し、死ぬ！　この指を少しでも動かせば俺は殺される!!）

「ひっ！　ひぃいいい!!」

同様に、情けない声を上げてその場に尻もちをつく貴族たち。

「や、やめろ！」

「こ、殺さないでくれ!!」

グレイブは冷めた目で彼らを見つめていた。

（何と無様な、これが民を導くはずの者たちの姿か？　姫様の仰る通りだ、この国は腐りかけて

いる）

高い魔法格故におごり、導くべき民を見下す者たち。そして、死を賭した戦いに挑む覚悟すら無いその姿。

ジークはゆっくりと彼らの前に歩み出る。こわばる体を動かし、貴族たちは背中を向けて逃げ出す。

その時――

「情けない連中だね。どうやら、恥というものを知らないらしい」

美しい声が辺りに響く。

ジークの視線の先には、いつの間に現れたのか、一人の女騎士が立っていた。

天上から舞い降りた戦女神のような出で立ちだ。

ギルスフェルトは、その姿を見ると慌てて彼女のもとに駆け寄る。

「ディアナ様！　何故ここに!?　い、いや、そんなことはどうでも良い！　奴を、あの下民をお裁きください！　奴はレオニード様を、ぐばぁあ!!」

美しいエルフの騎士の右手には、剣が握られている。

そして、その柄はギルスフェルトの鳩尾《みぞおち》に深々と突き刺さっていた。

「ぐがぁ……何故？」

そう呻くと惨めに昏倒《こんとう》するギルスフェルト。

「私に近寄るんじゃないよ、この薄汚い恥知らずが」

フレアはその姿を見て思わず固まった。

「貴方はディアナ・フェルローゼ！　ど、どうしてここに⁉」

動揺する騎士爵家の娘を見て、エルフの美女は笑みを浮かべる。

彼女の体は恐ろしいほどの魔力を纏っていた。

「どうして？　当然だろう。あんなものを都の上空に展開するような術者を、この国の騎士団を束ねる私が放っておけるわけもない。こんな連中はどうでもいいが、あれを開いたのがその坊やなら、私もその仮面の下の顔には興味があるね」

闘技場に突然現れた彼女の姿を見て、観客たちもざわめいた。

「どういうことだ？　一体何があったんだ？」

「お、おい見ろあの女騎士……あれって」

ジークとレオニードの戦いが終わり、今年の最強の新入生が決まった。

戦いはこれで終わりのはずだ。

だが、新しく現れた美しい女騎士は、仮面の男と対峙している。

眼下の光景は穏やかな雰囲気ではない。

女騎士は、貴族たちを一蹴したジーク相手に、怯えるでも恐れるでもない。足元に倒れたギルスフェルトを一瞥もせずに、ジークの方へ一歩踏み出した。

輝くようなブロンドの髪が風に靡く。

エルフ特有のプロポーションが、まるで絵画に描かれた美神のように観客の目に焼き付く。

観客の一人が呟いた。

「美しい……」

「あれは、ディアナ・フェルローゼ」

「ああ、間違いない。ホーリーナイト・オブ・キングダム。王国の聖騎士の称号を持つ女騎士、三英雄の一人だ！」

その声にどよめきが広がっていく。

「三英雄……最高位の英雄たち」

「ディアナ様が、どうしてここに？」

口々にそう言うと、眼下の光景を眺める観客たち。

その視線の先で対峙する二人の姿。突然現れたエルフの女騎士に動揺していたフレアが、口を開く。

「ジークは我が家の使用人よ！　火事で出来た顔の火傷を隠すために、仮面を被っているだけ。この大会に出場するための魔法紋検査だってちゃんと受けているわ！」

そう叫ぶフレアを眺めながら、ディアナは笑みを浮かべる。

「可愛いお嬢ちゃんだね。だけど、尋ねてもいないことをずいぶん流暢《りゅうちょう》に話すじゃないか？」

「それが何？　本当のことだもの！」

「必死だね。その坊やに惚れてるのかい？」

ディアナの言葉にカッとなるフレア。

「馬鹿にして!!」

思わず剣の柄に手を伸ばすフレアを、ジークが右手で制する。

「フレアお嬢様」

「ジ、ジーク！」

ディアナはその光景をジッと見つめている。フレアの表情、そして僅かな仕草をも。

(挑発には乗らないようだね。でも、今ので分かった。この二人の本当の主従関係がね。一体何者だい？　この坊や……)

ディアナは静かにジークに目を向けると言った。

「私には都を守護する責任がある。都であんなものを開くことが出来る存在の正体を、私が知らないなんてことが許されると思うかい？」

その問いにジークは答える。

「私はトレルファス騎士爵家の使用人に過ぎません。今、フレアお嬢様が仰った通りです」

それを聞いてディアナの目が鋭くなる。

(トレルファス……例の子供が預けられた騎士爵家だね。そこの使用人がゼメルティアの門を開いた。そんな偶然があるとでも？)

自然、彼女の口調も厳しくなる。

「それを私に信じろとでも言うのかい？　悪いが坊や、それは出来ない。どうやらやはり、仮面の下の顔を見ておく必要がありそうだ」

ディアナの体から湧き上がる魔力。その凄まじい力に、闘技場は静けさに包まれた。

平然とディアナを見つめるジーク。

「断ると言ったら？」

ジークの言葉に、ディアナの額に紋章が浮かび上がる。

光り輝く聖印。その輝きはレオニードのものよりも遥かに強い。

信じられないほどの魔力。第三の瞳が開眼したのだ。

「ふふ、私にそんなことを言う坊やがいるなんてね。これ以上の問答は面倒だ。力ずくでその仮面の下を見せてもらうよ」

会場にいる者は、闘技場を揺るがすような魔力に恐れを感じながらも、思わず見とれた。

ジークはディアナから視線を外さず、そして答えた。

「出来ますか？　貴方に」

「ふふ、生意気な坊やだね。あの門を開くことが出来るのが、坊やだけだと思わない方がいい」

輝きを増す額の紋章、更に高まっていくディアナの魔力。

そのあまりの凄まじさに、フレアとエミリアは悲鳴を上げた。

「「ジーク!!」」

ルオと叫びたい気持ちを、今度は必死に押し殺す可憐な王女。

その仮面の下にある顔が、もしも彼女の想い人のものだというのなら……

(ルオ様……)

それはこの国最強と呼ばれる男に疎まれ、ゴミクズのように捨てられた存在。

今更表舞台に現れることなど、決して許されない忌み子《いご》。

グレイブは叫んだ。

「いかん、いくら何でも相手が悪すぎる！」

彼は天空を見上げた。

ディアナの魔力に反応するがごとく、信じられないような力が上空に出現するのを感じたからだ。

観客たちも呆然と空を眺めた。

「お、おい！」

「あれは、さっきの！」

白く輝く巨大な魔法陣が闘技場の上空に広がっていく。

グレイブは呻く。

「ゼメルティアの門……それを開くことなど、三英雄にとっては造作も無いことだ」

冷えた汗が背中を流れ落ちる。

(それだけではない。もしも噂が本当なら、恐ろしいのはこれからだ。どうするつもりなのだ？

レオニード様とはわけが違うぞ)

グレイブは仮面の男を見つめる。男はただそこに静かに佇んでいた。

その時——

天空を見つめる観客たちは一様に息をのんだ。

魂を奪われるような美しい光景。

扉が開き、そこから現れたものの姿を見て、グレイブは呆然と呟く。

「最高位の精霊の一人ヴェレティエス……聖なる大天使」

それは白い光に包まれた巨大な天使だ。

その神々しい姿に皆、目を奪われる。

美しい歌が辺りに響き渡り、天使の翼が大きく広がっていく。

歌声と共に周囲に舞う白い光を帯びた羽根。幻想的な輝き。

「何という美しさだ」

「ああ……」

思わずため息が漏れるような美しさだ。

だが、刹那――

その姿は強烈な光に変わると、ディアナの体に向けて落雷するように激突した。

天空の大天使は姿を消した。だが、代わりに美しい天使が地上に立っていた。

「ふふ、この姿になるのは久しぶりだね。ゼメルティアの門を開いた坊やだ、その力には敬意を表するとしよう。でも、それだけでは私と戦うにはとても足りはしないよ」

フレアは驚愕に目を見開いた。

「精霊と一つになったとでも言うの？　それに何なのこの力、信じられない……」

そこにいるのは、人でありながら人ならざる者。

背中には、大きく広げられた白い翼。それは神々しい輝きに満ちている。

白く輝く聖気を纏いながらジークを眺める美しい大天使。

グレイブは噂が真実だと悟った。

「ディアナ・フェルローゼ。これが、王国の聖騎士。そして、この国の守護天使と呼ばれる彼女の本当の姿か。何という力だ……」

超人とも呼ぶべきその力に、歴戦の騎士は立ち尽くす。人を超えた存在への本能的な恐怖が、体を硬直させている。

だが、そんな中、一人の少女がディアナに向かって駆けていくのを見た。

「ひ、姫！」

あり得ない光景だ。目の前の相手の闘気に圧倒されて、歴戦の騎士であるグレイブさえ動けなかったのだから。

彼女は王家の血を引き、強い魔力を持っているとはいえ戦士ではない。

それは特別な血がなせる技なのか、それとも瞳に浮かぶ断固たる決意がなした業なのだろうか。

エミリアの祈るような叫びが響き渡る。

「ディアナ・フェルローゼ、許しません！　彼はその手で、その力で正当な勝利を勝ち取ったのです！　私は目の前でそれを見ました!!」

ディアナの前に立ち、蝶のブローチを握りしめる。

この国の守護天使と呼ばれる女騎士の闘気を、彼女は真っすぐに受け止めた。

（もう奪わせない。もしあの仮面の下にあるのがルオ様のお顔だとしたら。どれだけ多くのものを奪われてきたのか……もうルオ様から何も奪わせたりしない!!）

ディアナはエミリアを眺めている。

いや違う、その前に立ちふさがる仮面の男の姿を。一体いつ動いたのか。まるで王女を守るように彼は立っていた。

ディアナはその唇に笑みを浮かべた。

「人の動きを超えている。もう一度聞く。坊や、あんたは何者だい？」

「俺の名はジーク・ロゼファルス。それ以外の何者でもない」

まるで空気が固まったかのような気配。

少しでも動けば決着がつく、そう思わせるような二人の超人の姿。

「ふふ、嫌いじゃないよ坊や。その仮面の奥の瞳に氷のように青く燃える炎、女を滾《たぎ》らせる男の目だ。でも、意地を張れば死ぬよ」

「ならば試してみるがいい。ディアナ・フェルローゼ、貴方が知らない魔導もある」

ジークのその言葉に辺りは静まり返る。

その中で、ディアナの笑い声だけが美しく響いた。

「私が知らない魔導。ふふ、言ってくれるね」

ディアナの光の翼がゆっくりと閉じていく。

そして、手にした剣を鞘におさめた。

「坊やの目と、エミリア殿下の勇気に免じてこの場は引こう。それに、もうその仮面の下を覗く必要も無い」

既に結論は出ていた。

（見るまでもない。殿下にあそこまでさせる相手は一人しかいないだろうからね）

幼い頃の婚約者のことを思い、エミリアが何度も王宮を抜け出そうとしたことは、ディアナの耳にも入っている。

その少年の為に、何度も父親に救いを願い出たことも。

だが、それが聞き入れられることはなかった。この国最高の英雄の意思に背いてまで、第五等魔法格の無価値な人間を救う者などいはしない。

代わりに与えられたのは新しい婚約者だ。

（馬鹿な坊やだね。何故、今更こんな表舞台に現れた？　どうやったのかは知らないが、これほどの力があれば何処かで静かに、不自由無く暮らせたものを）

理由は一つしかない。

ディアナはジークに尋ねる。

「勝てると思っているのかい？　あの男は強いよ。それに、坊やの存在を絶対に許さない」

そう口にして、ディアナは首を横に振った。

「いや、私には関係の無い話だったね。ただ、もしも都の民に害をなすことがあれば、今度は本気で戦うことになる。私は坊やが気に入った、そうならないようにするんだね」

くるりと背を向ける美しいエルフの女騎士。

遅れてきた騎士たちが、外から駆け込んでくるとディアナに声をかける。

「ディアナ様。あの魔法陣の一件は⁉」

「帰るよ、もう片はついた。単なる士官学校の新入生同士の戦いさ、騒ぐ話じゃない」

「し、新入生同士の⁉　まさか、そんな！　あれほどの力を持つ新入生がいるとでも仰るのですか⁉」

騎士たちの言葉にディアナは答える。

「事実さ。私が確認したんだ。あれを開いた者の名はジーク・ロゼファルス。今年の優勝者だ。異論があるなら私のところに来るように、報告書には書いておきな」

その言葉にほっとしたのか、エミリアは青ざめた顔をしたままよろめいた。

王女の体を支えるジーク。

「ジーク……」

思わずその胸に頬を寄せるエミリア。ディアナはそんな二人を振り返る。

「坊や、一つだけ忠告しておいてあげるよ。この試合で優勝した以上、士官学校に入学すれば周囲は坊やを放ってはおかない。それにあそこには、とんでもない男が一人いる。レオニードなど足元にも及ばないくらいのね。知っているとは思うが、あの男には気を付けることだね」

◇　◇　◇

　時は少し遡る。

　ジークとレオニードとの一戦が始まろうとしていた丁度その頃。都から少し離れた郊外にある士官学校の練兵場、そこでも一つの試合が行われていた。

　本来ならば今日は士官学校の生徒たちも、最強の新入生を決める大会に詰めかけるところだ。

　だが、今年は違う。士官学校に通う生徒たちにとって、もっと興味を惹かれる試合がそこでは行われている。

　レオニードの勝利を誰も疑わない戦いよりも、遥かに皆が関心をそそられる試合だ。

　ここにはアルディエントの国王であるウィリアムと、この国の最強の英雄であり影の最高権力者と呼ばれる宰相ファルーディア公爵も見学に訪れていた。

　ここは都の闘技場よりも遥かに広い。

　だが、今日ここで戦う二人のことを考えれば、手狭ではないかとさえ囁かれていた。

　練兵場の中央にいるのは二人の男だ。

　その姿に、集まった生徒たちは静まり返っていた。あまりのことに言葉が出なかったのだ。

　一人の生徒が思わず呟く。

「勝ったのか？　ジュリアス様が、三英雄の一人に……」

「あ、ああ……」

練兵場の中央で膝を屈しているのは、この国最高位の英雄、三英雄と呼ばれる存在の一人だ。

最強と呼ばれるファルーディア公爵、王国の守護天使と呼ばれるエルフの女騎士ディアナ。

そして、その最後の一人がこの場で膝を屈している。

地面に膝をつき、拳を握りしめる壮年《そうねん》の魔導騎士。

歴戦のつわものといったその風貌の持ち主は、紅蓮《ぐれん》の魔導騎士と呼ばれるオーウェン・ゼフェルギウスである。

あり得ない、いや、あってはならない光景だ。

この国の威信を背負う三英雄の一人が敗れるなど、決して許されることではない。

しかも、膝を屈している男の前に立つのは、まだ僅か十七歳の青年だ。

ブロンドの髪が風に靡く。その剣は、優雅に相手の喉元に突きつけられていた。

生徒たちは背筋が凍り付くような思いで、ジュリアスと呼ばれる青年を眺めていた。

「嘘だろ。まだ始まって一分も経ってないぞ」

「ああ、圧倒的だった」

オーウェンは、目の前に立つ青年を見上げると呻く。

「馬鹿な！　こ、この俺が……貴様のような若造に」

その言葉に、ジュリアスは静かに口を開く。

「ふふ、三英雄といっても貴方は最も弱い。いや、他の二人が強すぎると言うべきでしょうか？

王国の守護天使となら、もう少し楽しい試合が出来たでしょうが、残念です」

男を嘲るようにそう口にするブロンドの貴公子に、オーウェンの目に怒りの炎が灯る。

「お、おのれ！　ゼメルティアの門を開けば貴様など！」

「貴方は分かっていない。開かなかったのではない、私が開かせなかったのです。ふふ、それに貴方に出来ることが、この私に不可能だと思いますか？」

ジュリアスのその瞳にオーウェンは凍り付く。凄まじい魔力が目の前の青年から湧き上がっている。

ジュリアスの額には聖印が浮かび上がっていた。

(馬鹿な……こ、この力はディアナに匹敵《ひってき》するほどの力だ。はったりではない。この男は既に、ゼメルティアの門など容易く開ける力を持っている、いや、それ以上の力を。何という男だ)

完全な敗北を知り、ガクリと項垂《うなだ》れるオーウェン。それを一顧《いっこ》だにせず踵を返すジュリアス。

そして、国王の前に膝をつくと一礼した。

国王のウィリアムは、上機嫌でジュリアスを称える。

「見事だ、ジュリアス！　この度、隣国との間でとり行われる魔導の試合、そなたが代表であれば我が国の勝利は間違いがあるまい。やはりそなたの父の目に狂いは無いようだ」

「はい、陛下。父上に代わり、必ずや勝利を捧げましょう」

自信に満ちたジュリアスの眼差しは高慢にさえ思える。

「心強い言葉だ。大国である我がアルディエントの威信にかけて、敗北など許されぬ。だが、士官学校の学生に過ぎぬお前が勝利をなしたとあれば、我が国の力は益々周辺各国に轟《とどろ》き渡るというもの」

ジュリアスは国王の傍に座るファルーディア公爵の前に進み出ると、再び膝をつき一礼する。

ファルーディア公爵は、その姿を見て満足げに笑みを浮かべた。

「ふふ、よくぞ言ったジュリアス。十年前、お前を息子として我が家に迎え入れたことを誇りに思うぞ。あの忌まわしいクズの代わりにな」

国王の右に座《ざ》す尊大な男の姿。そして、恐るべき力を持つその男の息子。

オーウェンは、圧倒的な力で彼を打ち破った青年の背中を眺める。

（十年前の一件の後、公爵が妻以外の女性に生ませていた子を屋敷に招き入れた。それがジュリアスだと聞くが）

士官学校最強の証である首席の称号。入学した日にそれを手にし、それ以来彼を破る学生はいない。

だが、まさか三英雄を破るとは。

この場に集まった者たちは、一様にその実力に戦慄《せんりつ》を覚えた。

国王のウィリアムはジュリアスを眺めると頷く。

「若い頃のファルーディア公によく似ておる。やはり血は争えぬな。かの者と違い、そなたの素質をよく受け継いでおる」

「恐れ入ります陛下。もしオリヴィアがあのような無能を生むと分かっていれば、最初から妻になどしなかったものを」

「もう良い。トレルファス家に預けられていたかの者も、自ら命を絶ったというではないか。エミリアの傷も時が癒そうというもの。しかし、こうなると考え直さねばならぬな」

ウィリアムの言葉に公爵は笑みを浮かべた。

「エミリア殿下は、尊い陛下の血を受け継ぐ唯一のお方。その夫となるべき者は、それに相応しい力を持っていなければなりませぬ」

「うむ。可愛いエミリアの心を思えば、そなたの息子を再び婚約者に、というのは酷だと思いレオニードを選んだが……これほどの力を見せられるとやはり心が揺らぐ」

それを聞いて公爵は国王に言った。

「例年、新入生最強の栄冠を得た者は在校生最強の者と戦い、その年の学園の首席を決める。そこでレオニードが完膚《かんぷ》なきまでに叩きのめされる姿を見れば、殿下のお気持ちも変わりましょう」

「ふむ、レオニードには悪いが、エミリアの幸せを考えればそれもやむを得まい。そうなった暁《あかつき》にはジュリアスを新たに三英雄に加え、ファルーディア公、そなたには望み通り英雄帝の称号を与えよう」

「ふふ、陛下。ありがたき幸せ。その時は謹《つつし》んでお受けいたしましょう」

その言葉にオーウェンは衝撃を受ける。

（英雄帝……だと？　全ての英雄の中の帝王とされる称号。この国を築き上げた初代国王の偉大なる称号ではないか！）

ファルーディアは、単に名誉ある称号を欲しているのではない。いずれ自らの血統を受け継ぐ者がこの国の王になった時に、その上に立つ存在として誰からも認められるような証を求めているのだ。

エミリアとジュリアスが結ばれ子が生まれれば、まさにそうなるだろう。

（いや、それどころかエミリア殿下を息子の妻に迎えて盤石の力を得たこの男自身が、皇帝を名乗る日が来るのではないか？　第五等魔法格を持つ息子をゴミクズのように捨て、己の野心に邁進するこの男が帝王に……陛下は分かっておられぬ。いずれこの男は国を簒奪《さんだつ》するに違いない）

その正統性を固めているに過ぎないとオーウェンは思う。

（いっそ今ここで……）

紅蓮の魔導騎士の手に炎が宿る。だがその炎はすぐに消え去った。

まるで強大すぎる魔力が起こす風が、小さなかがり火を消し去っていくように。

三英雄のオーウェンでさえ遠く及ばない絶対者。

男の目が笑っている。

「死ぬぞオーウェン。大人しく三英雄の一人として、英雄帝の名を得る我に仕えよ」

その言葉に、頭を下げるオーウェン。

（勝てぬ。この男に勝てる者などおらぬ）

恭順の意を示した男の姿に、公爵は笑みを浮かべる。

その後、ジュリアスの勝利を祝う宴が士官学校の迎賓館《げいひんかん》で行われた。

ジュリアスの周りには士官学校の女子生徒たちが集まる。

「ジュリアス様！　素晴らしい戦いでしたわ!!」

「本当に！　素敵でしたわ」

男子生徒たちも口々に言う。

「これで今年の首席もジュリアス様で決まりですね！」

「馬鹿か、当然だろう？　あの三英雄に勝ったんだぞ！」

そんな中、迎賓館の大きなホールの扉が開いて一人の騎士が入ってくる。

公爵家に仕える騎士の一人だ。不快そうに彼を眺めるファルーディア公爵。

「どうした？　そのように慌てて。ここは我が息子の祝勝の場、わきまえよ」

「は、はい。宰相閣下申し訳ございません……実は都の闘技場で行われた試合の結果をお伝えしたく、早馬で参りました」

「愚かなことを。そのようなこと、結果は最初から分かっておる。レオニードが勝利したのだろう？」

公爵の言葉にその騎士は首を横に振った。そして公爵とその場にいる者たちに伝える。

「い、いいえ、レオニード様は敗れました。圧倒的な力を見せて勝利したのは、ジーク・ロゼファルス！　仮面の男と呼ばれる凄まじい使い手です」

都からやってきた騎士の報告を聞いて、ホールに集う人々から声が上がる。

ざわめく士官学校の生徒たち。その顔は一様に信じられないといった様子である。

今年の実戦式格闘術試験。その勝者になるのはレオニード・ロイファルト、この国の王女の婚約者に違いないと誰もが思っていたからだ。

しかも、圧倒的な力の差で敗北したと。とても信じられない話だ。

「ジーク・ロゼファルス……」

「聞いたことが無いわ」

「ええ、誰なの？　それに仮面の男って一体」

囁き合う生徒たち。一方で、国王のウィリアムは興味深そうな顔で報告に来た騎士に言った。

「ほう！　レオニードを倒す者が現れるとはな！　レオニードはあの歳で聖印を解放し、雷王ゼギレオスを使役する者。それを破るとは」

ウィリアムは騎士に尋ねる。

「相手も聖獣でも喚《よ》び出したか？　そうでなくてはレオニードには勝てまい」

あくまでも新入生同士の戦いとして関心を示すウィリアム。

(あのレオニードに勝利するとは、面白い者が現れたものだ。無論、三英雄の一人であるオーウェンに勝利したジュリアスとは比較にはならぬだろうが)

ところが、騎士は動揺している。

「どうした？　遠慮はいらぬ、答えてみよ」

「そ、それが……ゼメルティアの門を。その者は白銀の女帝と呼ばれる最高位の精霊を召喚いたしました」

それを聞いてウィリアムは思わず声を上げた。

「な、何と！　まさか、ゼメルティアの門を開いたと言うのか⁉　まだ士官学校にさえ入学しておらぬ者が！」

「あ、圧倒的でした。あれはまるで三英雄に匹敵する力……」

そう呻く伝令の騎士。ホールの中にさざ波のように広がる声。

「ゼメルティアの門ですって！」

「まさか、新入生がそんな」

「三英雄に匹敵する力……」

思わず人々はジュリアスを見つめる。騎士の言葉は、否応なしにある疑問を抱かせたのだ。

三英雄の一人であるオーウェンを倒したジュリアス。そして、三英雄に匹敵する力を見せたという その新入生。

ならば、一体どちらが強いのかと。

そんなどよめきが起きる中、騎士は凍り付いた。

目の前に男が立っている。この国最強の英雄と呼ばれる男。その男から放たれる魔力に気圧されて身動きすら出来ない。

「愚か者が、三英雄に匹敵する力だと？　せっかくの場をしらけさせおって」

「ひっ！　ひぃぃ‼」

騎士は恐怖で尻もちをつく。

ジュリアスはそれを眺めながら笑みを浮かべると、静かに口を開いた。

「面白いではありませんか、父上。戦うのであれば、レオニードでは何の面白みも無い。ジーク・ロゼファルス、少しは私を楽しませてくれそうだ」

国王ウィリアムはそれを聞いて声を上げる。

「ほう！　これは面白い。今年の士官学校の首席決定戦は大いに盛り上がりそうだな。期待してるぞジュリアス」

その言葉に、ジュリアスは国王の前に膝をつくと頷いた。

「ええ、陛下。ふふ、ゼメルティアの門を開いた程度では到底私には及びません。御前でお見せしましょう、私の本当の力を」

◇◇◇

その頃、都の闘技場は歓声で沸いていた。大いに盛り上がった大会の表彰式が行われていたからだ。

準決勝に勝ち残った上位四名を称える為の表彰の舞台。

だが、今そこに立っているのはたったの二人だ。

レオニードとルーファスは治療の為に別の場所に運ばれている。そのことが、戦いの激しさを物語っていた。

壇上に華を添えるのは、可憐でいて、勝気な美しさも併せ持つ美少女のフレア。美しい女騎士に観客から声援が飛ぶ。

「フレア！　凄かったぞ!!」

「素敵！　フレア様!!」

フレアが手を振ってそれに応えると、声援は更に増していった。

レオニード戦は棄権したものの、二回戦までの戦いぶりと、その可憐な美しさからは想像も出来ない強さが人気の源だろう。

大会の主催者たちの中央にいるのは王女のエミリアだ。

賞を与えるプレゼンターの役割を果たすことが当初から決まっていたからだ。

勝者に勲章を授ける役割を果たす王女の姿に、会場からは大きな歓声が上がる。

「エミリア様!!」

「ああ、何て可憐な方だ！」

彼女はフレアに勲章を授けた後、新入生最強の栄誉を示す優勝者の勲章を手にジークの方を向く。

そして、それを自らジークの胸に飾った。

「ジーク・ロゼファルス。とても……とても素晴らしい戦いぶりでした」

場内にジークを称える大歓声が起きる。

頬を染めてジークを見つめる王女。彼女は強引にレオニードに腕を掴まれた時、その手を振り払い守ってくれた彼の背中を思い出す。

表彰が終わり、舞台を下りていくジークとフレア。エミリアは思わずその背に声をかけた。

「ジーク！　また会えますわね？」

最後に会ったあの日から十年が経つ。

今はもう、王女は確信していた。あの仮面の下にある素顔が誰のものなのかを。

仮面の男は静かに振り返ると答えた。

「ええ、王女殿下。次は士官学校でお会いしましょう」

（はい、ルオ様……エミリアの心は今でも、これからもずっとルオ様のものです）

エミリアは胸のブローチをしっかりと握りしめて一筋の涙を流した。

退場するジークとフレアに、再び歓声が降り注ぐ。

フレアがジークに言う。

「やったわね、ジーク」

「ああ、だが本番はこれからだ」

ジークの言葉に頷くフレア。

「ええ、そうね。ふふ、あんたといるとほんとに退屈しないわ、ジーク」

そう言って笑う可憐な赤毛の女剣士。ジークはその言葉に肩をすくめる。

未だ鳴りやまぬ大歓声。思いがけない結果に終わり白熱した大会は、こうして幕を閉じたのだった。

6、赤い薔薇が咲く時

大盛況だった闘技場での大会も終わり、日が傾いていく。

都は夕日に照らされている。夜の闇も近づこうとする中、人々が列をなして訪れる屋敷があった。トレルファス家だ。

都の裕福な商人たちが、先を争うように屋敷の門の前に並ぶ。

普段ならあり得ない光景だ。上得意である高位貴族の家ならばともかく、ただの騎士爵家でこんな光景が見られることは無いだろう。

主であるアランの妻、ライザは、騎士爵家の妻には似つかわしくないほど見事なドレスに身を包んでいる。

目の前の商人が持ってきたものだ。

「奥様、これはお美しい！　やはりライザ様には良くお似合いになる‼」

そう言って称える商人の姿に、ライザは微笑みながら答える。

「良いのですか？　先日仕立てを頼んだドレスはこんなに豪華なものではありません。先払いした代金では足りなかったでしょうに」

「い、いいえ！　ライザ様にあのような衣装を着て頂くわけにはまいりませぬ。うちの最高級のドレス、実は貴族の奥方への献上品として仕立てていたのですが、きゅ、急に不要になりましてな。うちの針子《はりこ》を総動員させてライザ様ぴったりにあつらえました……いかがでございましょうか？」
それを聞いてライザは笑みを深める。

「それは、本当に偶然ですこと。我が家にとってとてもめでたい日にそんなことが。奇遇ですわね」

少し嫌味が混じったその口調にも商人は臆さない。

この程度で怯んでいては、貴族相手の商売はつとまらないとばかりにとぼけてみせる。

「本当でございますな！　いやぁそれにしてもお見事でございました。フレアお嬢様の果敢な戦いぶり、そして何といってもジーク様のお強いこと。これから、さぞや立派なお方になるでしょうな！」

「ほほ、もちろんですとも」

艶《あで》やかな美貌で、優雅に笑うライザ。商人はライザにそっと金貨の袋を渡す。

「これは何卒ジーク様に。どうぞよしなにとお伝えくださいませ」

揉み手をしながら、上目遣いにライザを見る商人。

「いいでしょう。伝えておきましょう」

恐らくそれは、本来ならレオニードに渡されるものだったのだろう。

士官学校最強の称号を得た者の将来性にかんがみて、商人が群がるのは例年の光景だ。

そんなことが繰り返され、気が付くとトレルファス家の客間には商人たちの贈呈品が積み上げられていた。

客が全て帰り、客間にジークとフレアが姿を見せる。

フレアは贈り物の山を眺めながら肩をすくめると言った。

「呆れたものね。公爵家の厄介者を引き受けた家と囁いて、今まではなるべく関わりを避けてきたくせに」

ライザは娘の言葉に頷いた。

「ジーク様の雄姿を見て、我が家に対して見事なまでの手のひら返し。どこまで面の皮が厚いのか」

その言葉にフレアは横目で母親を見ると呟く。

「お母様がそれを言う?」

「な! フレア、何を言うのです。私は全てをジーク様に捧げると誓ったのです。あのような者たちとは違います!」

「よく言うわよ、お母様ったら」

手のひら返しの見事さなら、負けてなかったわよ。

内心でそう続けながら、娘は呆れたように母親を眺める。

ライザは軽く咳ばらいをすると、バツが悪そうに話題を変える。

「それよりもフレア。貴方にも素晴らしいドレスが届けられていますよ。たまには艶やかに着飾って、ジーク様のダンスのお相手でもして差し上げなさい」

そう言って、美しいドレスを広げて見せるライザ。

「これほどの生地と仕立てのドレス、貴方によく似合うと思いますよ」

確かに、見事な赤いドレスはフレアによく似合うだろう。

「ダンス？　冗談でしょ。そんな暇があるなら稽古の一つもしたいわ。今日の試合で、まだ私が実力不足だってよく分かったもの」

フレアは唇を噛む。

(呑気にダンスなんてする気分になれない。私だってもっと強くなりたいわ)

ジークの為にディアナの前に立ちふさがったエミリアの姿が、何故か目に浮かぶ。

そして、自分はあの時身動き一つ出来なかったことも。

思わず拳を握りしめるフレア。自分の為に贈られたドレスを見つめると言う。

「それもお母様が着ていいわよ。私はドレスなんていらないわ！」

フレアの言葉に、ライザは自分の大きな胸と娘のそれを見比べながら言う。

「それは少し難しいですわね、私には入りそうもありませんから。そう思いませんか？　ジーク様」

「ああ、確かに。そうかもしれませんね」

「なっ!!」

ジークの言葉に真っ赤になっていくフレア。可憐な美貌でジークを睨む。

「こ、殺すわよ、ジーク！　貸して頂戴《ちょうだい》、お母様!!」

そう言うと母親からドレスを奪うように受け取って、ズンズンと部屋を出て行く。

入り口で振り返るとジークに言った。

「見てなさい！　私だって、お母様に負けないんだから！」

勢い良く扉を閉めて部屋を出ていくフレアに、ライザは肩をすくめた。

「あの子ったら。申し訳ありませんジーク様」

「いいえ、構いませんよ義母上。それにしても、先程のご提案は名案でしたね」

「提案と言うと、ダンスが？」

ジークの言葉に首を傾げるライザ。

「ええ、フレアとダンスを踊るのは、確かに悪くない手だと思いまして。もしかすると、剣術の稽古よりも役に立つかもしれない。これから先を考えれば、フレアに強くなってもらって損は無いですからね」

「ジーク様、それは一体？」

話が噛み合わず、ライザは再び首を傾げた。

そんな中、この家の主であるアランが戻ってくる。最後の来客を屋敷の外まで送り出したのだろう。客間にいるジークの姿を見ると、その前に膝をついて一礼した。

「それにしてもお見事でございました、ジーク様。あれほどの勝利を見せられれば、誰もうかつに手は出せますまい」

今日の大会での戦いぶりを言っているのだろう。だが、ジークは静かに首を横に振った。

「さあ、それはどうでしょうか？　恐らくは、後ほどもう一人客が来ることになる」

「客でございますか？　それは誰が……」

アランの言葉に、ジークは窓の外を眺めた。

「すぐに分かりますよ。ですが、その方がこちらには都合がいい」

ジークの言葉に、ライザも窓の外を眺める。

「これからやってくる客……」

夕日が沈みかけて、次第に夜の闇が落ちていく。

そうこうしているうちに、ドレス姿に着替えたフレアが再び客間に戻ってきた。

商人たちから届いた荷物を整理していた、住み込みのメイドがその姿を見て思わず息をのむ。

「まあ！」

己の手で立身出世を勝ち取るために、騎士姿で剣を振っていることが多かった騎士爵家の娘。

それが今は、艶やかな赤いドレスに身を包んでいる。見事な仕立てのドレスに、フレアの赤く美しい髪がよく映えていた。

「お嬢様、とってもお綺麗ですわ！」

「そ、そう？」

まるで今朝咲いたばかりの赤い薔薇のように、みずみずしく可憐な美しさを秘めたその姿。

アランもライザも目を細めた。

「これは……驚いた。馬子《まご》にも衣装というやつだな」

「貴方、フレアは私の娘です。きちんとした衣装を着れば、どなたの前に出しても恥ずかしくなどありませんわ」

確かに、ライザの言う通りだろう。貴族たちの舞踏会にこの姿のフレアが現れれば、途端に男性たちに囲まれるはずだ。

女騎士らしい凛とした雰囲気が、更にその美貌を際立たせている。

フレアは、母親には及ばない胸のサイズのことを気にかけながら、ツンとした表情でジークに歩み寄る。

そして、目の前に立つと尋ねた。

「ど、どう？　私だって、お母様に負けていないでしょう？」

自分を見つめるジークの瞳。フレアは上目遣いにそれを睨む。

(何とか言いなさいよね……こっちは慣れない格好してるんだから)

そんなフレアの手にジークの手が触れる。

「ちょ、な、何よ？」

「フレア、お前に俺とダンスを踊ってもらおうと思ってな。悪いが、少し付き合ってもらうぞ」

ジークの突然の申し出に戸惑うフレア。

「だ、ダンスって……私と貴方が？」

「ああ。義母上、曲をお願い出来ますか？」

「もちろんですわジーク様！　いつ我が家が貴族になっても良いように、フレアにはダンスも厳しく教え込んでいますもの」

ジークの言葉が嬉しかったのだろう、ライザは慌てて侍女に申し付ける。

「エイミー、ダンス用の曲をいつものようにバイオリンで。出来ますわね？」

「は、はい！　奥様」

エイミーと呼ばれた侍女はバイオリンを取りに行くと、この部屋に戻ってきてそれを奏で始める。

この家で一番広い、この応接室。そこをダンスホールに見立てたように向かい合うジークとフレアは、さながら凛々しい貴公子と美しい貴族の令嬢だ。

フレアは自分の手をとってこちらを見つめるジークを眺める。

（な、何よ。急にダンスだなんて……）

戸惑いながらも、少し頬を染めるフレア。赤い薔薇のようなその姿は、自然に皆の視線を集める。

侍女の演奏に合わせて踊り始める二人に、ライザはうっとりする。

「まあ、見てください貴方。フレアがジーク様と！」

「うむ。我が娘ながら見事なものだ」

「当然ですわ。どこに出しても通用するように育ててきたつもりですから」

見事なステップで踊るフレア。赤い髪が美しく靡く。

鍛え上げたしなやかな体が、美しい曲線を描いて、見る者を魅了する。

高い身体能力がなせる業だ。これほどの踊り手はそうはいないだろう。

フレアはジークを見つめる。

「へえ、ジーク、貴方も大したものね。私のダンスについてこられる男なんて少ないわ」

高い魔力で活性化された肉体でなければ、フレアの動きにすぐには対応出来ないだろう。

フレアの動きが見事すぎて、かえってリード役が見劣りしてしまうことになる。

まるで舞うように踊る二人。

その時、フレアが少し眉をひそめた。

(何これ、変な感じだわ。今まで誰かと一緒に踊っていて、こんな感覚になったことない)

手のひらから、その指先から伝わる不思議な感覚に、ジークを見つめるフレア。自分の魔力そのものが、完全に把握されているかのようにさえ思える。

そして、目の前のジークの手のひらからは、彼の魔力を強く感じた。

それが自分の魔力と絡み合っていく不思議な感覚。

「何なのこれ？」

「流石だな。余程鍛えてなければこれを感じることは出来ない。実際にこうして手を触れ合い、息を合わせるのも手だとは思っていたが。思いのほか上手くいきそうだ」

ジークとの戦いに敗れた後、フレアは自ら申し出て、厳しい修業を重ねてきた。

今回の大会の三位という成績も決して偶然などではない。実際に、ジークを除けばレオニードとルーファス以外で彼女に勝てた者はいないだろう。

「フレア、そのまま魔力を高めろ」

絡み合ったジークの魔力が、自分の魔力を押し上げていくかのように感じて、一瞬怯えるフレア。

目の前に迫るジークの顔。その唇がそっと囁く。

「何も考えるな。俺を信じろ」

「ジーク……」

魔力を高めながら踊り続けるフレア。彼女のすぐ目の前にあるジークの瞳。

(馬鹿……近すぎるわよ。ほんとに何も考えられなくなっちゃう)

ジークの額に開眼する聖印。それが、静かにフレアの額に触れた。

同時に、赤い薔薇の化身のような少女の唇から吐息が漏れる。限界を超えて高まる魔力、美しい薔薇がより一層大きく咲き誇る瞬間。

フレアはその時、自分の中にある何かが覚醒するのを感じた。

今まで感じたことの無い魔力の胎動に、震える少女の指先。まるで自分の魔力ではないようにさえ思える。

(何なの、この力!?)

互いに手を触れ合い、心を合わせて踊るダンス。それによって、絡み合うように触れ合ったジークの魔力が、フレアのそれを更に高めていく。

美しい少女の瞳に再び恐れが浮かぶ。

「ジーク……私」

「恐れるなフレア。それはお前の魔力だ。俺はただそれが目覚める手助けをしているに過ぎない。言ったはずだぞ、俺を信じろと」

その言葉に、フレアはしっかりとジークの手を握る。

(怯えているの？　私は。あの女の力に怯えて何も出来なかったみたいに、今度は自分自身の力に)

目の前に現れた王国の守護天使。その圧倒的な魔力を思い出す。

そして、その前に一歩も動けなかった自分の姿も。

額が触れ合い、すぐ傍にあるジークの瞳。フレアはそれを真っすぐに見つめ返した。

「恐れてる？　冗談じゃないわ」

震えていた指先に力が戻っていく。

凛々しく前を見つめる彼女の瞳。ジークがそれを見て笑みを浮かべた。

「フレア、その顔の方がお前らしい」

「うるさいわね、ジーク」

再び力強くステップを踏む赤毛の少女。赤い髪が、咲き乱れる薔薇のように艶やかに広がっていく。

二人の呼吸がぴったりと合い、互いの魔力がますます強く絡み合っていくのが分かる。

(私は決めたのよ、こいつに全てを懸けるって。だから、傍にいて恥ずかしくない相手になりたい。私のことが必要だって思われるような、そんな女に！)

強い決意が美しい少女の目に宿る。そこには、限界を超えて高まっていく魔力をしっかりと受け止める強さが込められている。

フレアの唇から再び吐息が漏れると、その額にゆっくりと黄金の光を帯びた印が浮かび上がっていく。

描かれていく聖印。それはフレアの第三の瞳が開眼した証だ。

美しいがまだつぼみに過ぎなかった少女の魔力が、大きく花開くように周囲に溢れていく。

エイミーはバイオリンを演奏しながら思わず呟いた。

「お嬢様……何てお綺麗なの」

赤い髪が靡き、黄金の魔力がそれを包んでいく。

エイミーは手を取り合って踊る二人の姿に見惚れたまま曲を奏で続けた。

自分がそれを止めてしまうと、目の前の光景が終わりを告げてしまうのではないかと思えたからだ。

ライザとアランも思わず息をのむ。

「貴方！」

「ああ、ライザ。何という魔力だ……これが本当にフレアなのか？」

溢れ出る黄金の魔力が、赤いドレスを着たフレアをより一層美しく輝かせる。

やがて曲が終わり、部屋の中央に立つ二人の姿。名残惜《なごりお》しそうに踊りを終えた二人を見つめるエイミー。

フレアは輝く魔力を纏いながら、ジークを見つめると嬉しそうに微笑む。

「ジーク、これが聖印の力なのね？　私、やったわ！」

今までにない強い魔力を自分の内側から感じるフレア。その力は同じ彼女のものであって、もはやそうではない。

今、剣を持って戦えば、この少女に勝てる者などそうはいないだろう。

少なくとも聖印を開くことが出来る者でなくては。

「ああ、よくやったなフレア」

ジークの言葉に安堵《あんど》したように、少女の額から聖印がゆっくりと消えていく。

フレアは少しよろめいてジークの腕にその身を委《ゆだ》ねる。

そして、大きく吐息を漏らした。

「……少し疲れたわジーク」

初めての体験に、集中力と精神力を使い果たしたのだろう。その顔には確かな充実感と共に、疲労の色が浮かんでいる。

ジークはフレアを抱きとめながら答えた。

「最初にしては上出来だフレア。じきにもっと長く開眼することが出来るようになる。それまでは俺の魔力で補助をしてやろう」

それを聞いて、少し動揺したように問い返すフレア。

「補助って、今みたいに？」

「ああ、そうだ。どうした？　何か問題でもあるのか」

「べ、別に無いわよ！」

触れ合うほど近くに顔を寄せた瞬間のことを思い出す。

唇が触れ合うような距離。自然に鼓動が速まり、顔を真っ赤にするフレア。

(馬鹿じゃないの……何が、「何か問題があるのか?」よ)

そんな中、家の玄関の方から嘶《いなな》きが聞こえてきた。

暫くすると使用人の一人が応接室に入ってくる。

そして、ジークとこの家の主であるアランに報告をする。

「ジーク様、旦那様、客人がお見えになりました」

それを聞いてアランは驚いたようにジークを見つめる。先程ジークが言っていた言葉を思い出したのだろう。

「ジーク様!」

アランの呼びかけにジークは静かに頷いた。

「ええ、どうやら最後の客が来たようですね」

最後の客。ジークの言葉にアランは思う。

(めぼしい商人たちは皆顔を出したはずだ。そうなると……まさか)

アランのその表情を眺めながら、ジークは再び頷く。

「ええ、貴方に全てを押し付けて、今までここに顔を出すこともなかった者たち。ですが、どうやらこの家から優勝者が出たことは気になるらしい」

その言葉で、アランに緊張が走る。

ジークは静かにテーブルの上にある銀色の仮面を手に取り、それを被る。

フレアもしっかりと自分の足で立つと、仮面の横に置かれていた自分の剣を手にしてジークに言う。

「現金なものね。何をしに来たのかしら？　貴方の優勝を祝うため？　ふふ、そんなはずないわよね」

「ああ、だろうなフレア」

アランは念のために先程の使用人に尋ねる。

「馬車の紋章はどこの家のものだ？」

「は、はい、旦那様！　黄金の竜の紋章。間違いありません、ファルーディア公爵家です！」

その言葉にアランは頷く。

「やはりか……」

ライザが動揺する。

「ジーク様！　まさか公爵が!?」

「そんな男ではありませんよ。ゼメルティアの門を開いたといっても、その程度で本人がここに現れるはずも無い」

その言葉に胸を撫でおろすライザ。

ジークに全てを捧げると誓った今でも、その男の存在は恐怖そのものだ。

ライザは今の主である青年に尋ねる。

「それでは、一体誰が？」

馬車の紋章がファルーディア公爵家のものである以上、その関係者であることは間違いが無い。

「行きましょう、義母上。すぐに分かりますよ」

「は、はい。ジーク様！」

この家の主人であるアランとその妻のライザが、まず先に立つ。

そして、その後ろにフレア。ジークはまるで使用人のようにその後に続く。

表向きの身分を考えれば当然だろう。

二階にある応接室から階下に下り、玄関へと向かう。

するとそこでは、先程とは別の使用人が客を迎えていた。

客は黒ずくめの服を着ている。

年齢は三十代半ばだろうか。まるで執事のようないでたちだ。

長身で端整な顔立ちだが、無表情で不気味な雰囲気を漂わせている。

そしてアランを見ると、静かに口を開いた。

「久しぶりですね。アラン殿」

笑みを浮かべているが、その目は笑っていない。

まるで感情の無い人形が笑っているかのようだ。それ故にゾッとする微笑み。

右目には黒い眼帯をつけている。

得体の知れない雰囲気に、ライザの美しい肌に鳥肌が立つ。

アランはその男を眺める。

（やはりこの男か。ジェルド・ミゼルファス。黒い眼帯の死神と呼ばれる公爵の側近の一人）

彼は努めて冷静な口調で男に返した。

「ジェルド様、公爵閣下の側近である貴方が、わざわざ我が家にお見えになるとは。十年ぶりでございますね」

「ええ。あの日、ルオ様をこの家に預けた時以来でしょうか」

眼帯の男にアランは頷く。

「はい。それで今日は何の御用で？　ルオ様については、お亡くなりになるまでずっと貴方の使いの者に報告書を出していたはずです。今となってはもう我が家に用などございますまい」

ライザもアランの傍で大きく頷く。

「私たちは約束を果たしました。その褒美として、貴族の地位を頂けるという知らせでしょうか？」

「そうではありませんが、今日はこの家にとってめでたい日。私も祝いに駆け付けようと思いましてね」

（祝いなどと、白々しい）

ライザは思う。その眼帯に覆われていない左目は、自分たちを見ていない。

視線の先にいるのは仮面を被った少年だ。

まるでアランやライザなど眼中に無いがごとく、ゆっくりとジークに向かって歩を進める黒ずくめの男。立ち上る殺気は、暗殺者のそれだ。

「貴方が今年の優勝者ですね。ジーク・ロゼファルス、名前は聞いています。第三等魔法格を持つ最強の新入生。ですが、そんな話が信じられると思いますか？　そのような男が、どこからか突然現れるなど」

ジークは黙ってジェルドを眺めている。

眼帯の男は笑みを浮かべた。

「その目。やはりあの時、殺しておけば良かった。どうやったのかは知りませんが、愚かなことです。今更、捨てられたゴミクズが戻れる場所などありませんよ」

ジークは静かに男に答えた。

「安心しろ。初めから戻るつもりなど無い。死にたくなければ帰ってあの男に伝えることだ。お前が捨てたゴミクズが、いずれその首を狩りに行くとな」

ジークの言葉に、黒い眼帯の男の口角が更に吊り上がる。

「それを聞いた以上、私もこのままでは帰れませんね。あの時やり残した仕事を今果たすとしましょう。死神の名にかけて」

ライザは、ゾッとして思わず夫の腕を握りしめた。

同時にアランは見た。男の姿が目の前から消えるのを。

ギィイイイン!!

剣と剣がぶつかり合う凄まじい衝撃音が、周囲に響く。

アランとライザの目には、消えたようにしか思えなかった黒ずくめの男。男は剣を抜いて、ジークの目の前にいる。

何という踏み込みと抜刀術。

死神に相応しい黒い刀身のサーベルが、漆黒の光を宿している。

並みの相手なら、既にその剣に両断されているだろう。

だが、それを受け止めたもう一つの剣を抜いたのは、艶やかな薔薇だ。華麗に咲き乱れるがごとく、赤い髪が鮮やかに広がっていく。

男の剣を弾き返してジークの前に立つその姿。少女の可憐さと、薔薇の艶やかさを併せ持つ女騎士だ。

「十年ぶりに現れた割には、ずいぶんとご挨拶ね」

誰もが見惚れるだろう。ドレス姿で剣を構えるその姿に。

そして、黄金の印が額に描かれていく。

二度目はジークの助けを借りず、自ら開いた第三の瞳。

それはこの少女の才能と、強い意志を証明している。

黄金の魔力を溢れ出させるフレア。その目はジェルドを射抜いている。

「ジーク、こいつは私にやらせて。ずっと気に入らなかったの。汚いことはいつだって他人に押し付けて、私たちを見下しているこいつらのこの目が！」

「ふふ、ふふふ。聖印ですか、驚きましたね。第一等魔法格を持つとはいえ、たかが騎士爵家の娘がそんなものを開くことが出来るとは」

男の額にも聖印が浮かび上がっている。人形のような顔が再び笑みを浮かべた。

「ですが、貴方には用は無い。死にますよ？」

「そういうところが、気に入らないって言ってるのよ！」

フレアのしなやかな体がまるで舞うように動き、その剣先が男の頬を掠める。

見事な剣捌《けんさば》きに、ジェルドが思わず後ずさる。

彼は自分の頬の傷を指でなぞり、言った。

「やりますね、まさかこれほどとは。どうやら、こちらも本気を出す必要がありそうだ」

男はそう言うと、ゆっくりと右目の眼帯を外した。

その瞳には魔法陣が描かれている。フレアは目の前の男の魔力と殺気が、今までとは比較にならないほど膨れ上がっていくのを感じた。

（何なのこいつ……）

黒ずくめの男の額の聖印、その色が黒く染まっていく。

同時に、男の身体を漆黒の魔力が覆う。

「どういうこと？　聖印が……」

「ふふ、お遊びは終わりです。私はあのお方の影、この姿を見た以上、貴方たちには死んでもらいます」

同時に男の体が再び消える。

フレアは見た。先程よりも遥かに速いその動きを。

辛うじてその剣先をかわすが、赤いドレスの胸元が少し切り裂かれる。

可憐な薔薇の額から流れ落ちる冷たい汗。

本来なら男の剣はフレアの胸を貫いていただろう。

だが、その瞬間、優雅にダンスを踊るように、彼女の体を引き寄せた者がいる。

そのままフレアの前に立ち、漆黒の聖印を持つ男に対峙する。

「ジーク!!」

ジェルドはその姿を見て笑みを浮かべた。

初めて感情を宿した表情。それは残忍で傲慢な顔をした死神。

「どうやら、その娘のことは大切らしい。ですが、ルオ様。そのような甘いことでは私には勝てませんよ」

そう言って、黒い刀身のサーベルを鮮やかに構える男。

ジェルドの口元に浮かぶ高慢な笑みは、勝利を確信した故のものだ。

(一体、あの黒い聖印は何なの……)

自分を守るように前に立つ青年の背中を見つめながら、フレアは思う。

今のフレアに斬りつけるなど、並みの人間に出来ることではない。

互いに聖印を開いた時には寧ろ、フレアの方が優勢だった。

男の体から溢れ出る黒い魔力が、彼女が刻んだ傷を塞いでいく。

ジェルドはアランに語り掛ける。

「貴方がたも愚かな真似をしたものだ。まさか、公爵閣下に逆らうとは。こんなゴミクズについたとて未来は無い。今からでも遅くは無い、娘と一緒に公爵閣下に詫びを入れたらどうです？　その娘ほどの力があれば、親である貴方たちの罪も軽くなるかもしれませんよ？」

それを聞いて、フレアが叫んだ。

「ふざけないで、誰がそんなことを！　今更あんたたちに尻尾を振るぐらいなら、死んだ方がましなのよ!!」

娘のその叫びにアランも力強く頷く。

「フレアの言う通りだ。我らはルオ様に懸けた。武人としてそれを違えることは無い！」

そんな娘と夫の様子を見てライザは唇を噛みしめると、勇気を振り絞って声を上げる。

「そ、そうです、私たちはルオ様に全てを捧げたのです！　私にも誇りがありますわ!!」

その刹那——

ジェルドが軽く腕を振ると、黒い影のようなものがジェルドの剣先から伸びる。

それは玄関に置かれた花瓶を突き刺すと、鞭《むち》のようにまたジェルドのもとに戻っていく。

思わず花瓶の方を見るライザ。

大きな花瓶にはぽっかりと穴が開いていて、そこから水が流れ出す。

一体何が花瓶を貫いたのか。その速さも恐るべきものだが、ライザの目が見開かれたのはそれが理由ではない。

枯れていくのだ。

その花瓶に生けられた鮮やかな花が、あっという間に萎《しお》れ、そして崩れていく。

凍り付くライザを見てジェルドは笑う。

「ふふ、冗談ですよ。どうせもう貴方たちは助からない。あのお方は、裏切り者を絶対に許しません」

アランは背筋を凍らせた。

（一体何をやったのだ？　剣が届く距離ではない。それに、枯れていくあの花が……）

あれがもし人だとしたら。

目の前に立つ男の殺気を思えば、それを想像することは避けられない。

黒い死神は静かに言う。

「あれが貴方の娘だとしたら。その瑞々しく美しい薔薇のような娘の体が貫かれ、あの花のように萎れていく。貴方がたの前に、まずは娘から殺してあげましょう。それが、あのお方に逆らった者に相応しい代償というものです」

そう言うとジークを眺めるジェルド。

「言っておきますが、この国でゼメルティアの門を開くことが出来るのは、貴方や三英雄だけではない。ですが、そんなものを開かなくても貴方を殺すことは出来る」

黒い聖印から放たれる恐ろしいほどの魔力。その力は確かに、ゼメルティアの門を開くほどのものだ。

漆黒の第三の瞳、それは聖印というよりは邪眼の名が相応しい。

ジークを眺めるその姿。

「もちろん、貴方にもあれを開かせるつもりは無い。その前に死んで頂きます」

静かに佇むジークを見てジェルドは笑った。

「どうやら貴方には今の動きが見えていたようだ。ですが、同じことです。その娘を守って戦うなどという甘い考えでは、死しかあり得ない」

ジークは、ゆっくりと剣を抜くと答える。

「よくしゃべる死神だ。いいだろう、やってみろ」

ジークの言葉にジェルドの目が鋭く光る。

「後悔されぬことだ。聖印を開く先の力を知らねば、私の技は決して避けることは出来ない」

(聖印を開く先？　一体何のことを言っている)

アランが呆然とジェルドを見つめた時――

漆黒の剣が横に一閃される。そこから放たれたのは黒い鞭のような影だ。

強力な魔力が具現化した、黒い鞭のごとき刃。それは一本だけではない。

まるで、ジークとフレアを覆い尽くすように取り囲み、一斉に二人の心臓を狙う。

「くくく、ルオ様、貴方自身を守ればその娘は守れない！　それにこの鞭は決して消えることは無い。狙った獲物を仕留め、その命を吸い尽くすまではね！」

逃れ得ぬ死。まさにジェルドは死神だ。

だが、ジークは一歩も動くことが無い。

彼の後ろに立つ、美しい赤い薔薇の化身のような少女。その胸を貫くはずの黒い刃が動きを止めている。あとほんの少し動けばフレアの心臓を貫いていただろうそれは、ピクリとも動かない。

ジェルドは叫んだ。

「ば、馬鹿な！　何をした⁉」

答えは──ジークの額。そこに浮かび上がっている第三の瞳が物語っていた。

それは今までの黄金の聖印とは違う、まるで氷のように青く燃え上がる炎。フレアにはその輝きがそう思えた。

ジェルドが放った黒い鞭は全て凍り付いている。そして、それはピシピシと音を立てて崩れ去った。

ジェルドは思わず後ずさった。

「おのれ、こんなことはあり得ぬ！　この私の技が‼」

「聖印のその先の力か、お前が出来る曲芸などたかが知れている。ジェルド、お前は死神などではない。この家を再び訪れた時から、お前にとっての死神はこの俺だ」

「お、おのれ……」

ジークの言葉に、ジェルドの目が怒りに染まっていく。

「曲芸だと？　公爵閣下の忠実なるしもべであるこの私の華麗なる技が‼」

取り繕っていた人形のような顔の下に隠された、尊大で傲慢な顔が暴かれる。

その顔が怒りに満ち、凄まじい殺気が辺りに漂っていく。

「あり得ぬ、そんなことはあってはならぬのだ！　第五等魔法格のゴミクズに、いずれ英雄帝となられる尊き公爵閣下に仕えるこの私が敗れるなど……あってはならぬ!!」

アランはそれを聞いて唖然とする。

「英雄帝だと？」

その称号を手にすることは、この国の権力を完全に掌握するという意思表示に他ならない。

宰相という立場を超え、もはや実質的な王と呼ぶべき存在。全ての英雄たちを従える者を意味する。

「いずれあのお方は、王を超える存在となるのだ！」

アランはジェルドの言葉にゾッとした。

（王を超える存在だと、一体何のことだ？）

ジェルドは鋭い目つきで警戒しながらジークから少し距離を取る。

邪眼とも呼ぶべき額の黒い聖印は、先程より強い闇を放っていた。

男は嘲笑うかのようにジークに言った。

「ふふ、ルオ様。もう貴方に帰る場所など無い。公爵閣下の傍には貴方の代わりにジュリアス様がおられる。あのお方は強い、まるで若い頃の公爵閣下のように。貴方など、ジュリアス様の足元にも及ばぬ」

ジークは静かにジェルドを眺める。

そして答えた。

「言ったはずだぞ、帰るつもりなど無いと」

「ふふ、無論帰すつもりも無い。ここで死ねぇええええいいい!!」

フレアはその瞬間、黒ずくめの男の魔力が爆発するように高まるのを感じた。

全身を黒い炎のような魔力が覆っていく。

「気を付けて、ジーク！　普通じゃないわこいつ!!」

フレアは思わず叫んだ。

先程よりも遥かに多く、膨大な魔力を込められた黒い刃が出現する。

それらが、ジェルドの漆黒のサーベルのひと振りによって放たれた。

「ふはは！　負けるはずが無いのだ、あのお方にゴミのように捨てられた貴様などに!!」

まるで玄関を埋め尽くすような黒い鞭が、一斉にジークめがけて襲い掛かる。

「ジーク!!」

そう叫ぶと、フレアは剣を握って前に飛び出す。

もしも、ジークでさえその鞭の群れに斬り裂かれるのなら、フレアに待っているのは死だけだ。

そんなことは分かっていたが、赤いドレス姿の少女はそれでも前に進んだ。

だが——

黒い刃はフレアに襲い掛かることは無い。それは全て斬り裂かれた。

ジークが手にする青白く光る剣が、全ての黒い刃を斬り裂き、凍り付かせている。

（あれを全て見切って斬り落としたというの？）

フレアでさえ、驚愕するその剣技。

周りに飛び散るのはキラキラと輝く青い氷の結晶、それは砕けた黒い魔力の鞭だ。

ジークはその煌《きら》めきの中で何事もなかったかのように、ジェルドの前に佇んでいる。

右手には額に輝く青い炎と同じ色の剣を持ち、そして左手の指先は静かにジェルドの黒い聖印に触れていた。

まるで死を宣告するかのように。

「終わりだ、ジェルド。言ったはずだぞ、お前の死神はこの俺だと」

殺意に燃えたその目でジークを睨むと、ジェルドは呻いた。

その体は文字通り凍り付いていく。

「おのれ……だが、覚えておくことだ。次に貴様の前に立ちはだかるのは、私などよりも遥かに強いお方だ……ふふ、貴様は楽には死ねんぞ」

「お前には関係の無い話だ。安心して眠れ」

その言葉と同時に、恐るべき邪眼の持ち主の体は完全に凍り、砕け散っていった。

後に残ったのは黒い眼帯だけだ。

同時に、玄関から悲鳴に似た声が聞こえる。

「ひっ！　ジェ、ジェルド様!!」

先程の花瓶を貫く音を聞いたジェルドの付き人たちが、中の様子を確認するためにやってきたのだろう。数名の男が、腰から提げた剣を抜いてジークに向かって構える。

それを眺めながらジークは静かに言った。

「やめておけ、死ぬだけだぞ。それよりも帰ってあの男に伝えろ。お前が十年前に捨てたゴミクズはここにいると。始末したいのなら、自分自身の足で俺の前にやってこいとな」

「ひっ!!」

ジークが放つ魔力に、男たちは怯えたように外へと飛び出していく。

そして、馬車が走り出す音が聞こえてくる。

死と隣り合わせの緊張感から解放されたライザが、その場に崩れ落ちた。

アランはその身体を支えた。安堵の吐息を漏らすライザ。

「貴方……ジーク様が勝ったのですね?」

「ああ、ライザ。先程はよくぞ言った」

「私だって騎士爵家の妻ですわ。譲れない誇りはあります」

そんな妻の言葉に笑みを浮かべるアラン。

フレアはジークに駆け寄る。

「ジーク、あいつを倒したのね!」

漆黒の聖印を持つ男。今も、寒気を感じさせるほどの相手だった。

フレアはそう思いながらも、そっとジークに身を寄せた。

「ああ。だが、これであの男を正面から敵に回すことになる。これからが本当の戦いになるぞ」

フレアは彼の顔を見上げる。そして、力強く頷いた。

「構わないわ、もうとっくに覚悟は出来ているもの。私ももっと強くなってみせるわ」

勝ち気で可憐なその横顔。フレアはそう言った後、自分のドレスの胸元が少し裂けているのを改めて思い出す。

そして何故か、傍に立つ少年にそんな姿を見られるのが、普段よりもとても恥ずかしく感じた。

そんな不思議な違和感を覚えながら、赤い薔薇のように美しい少女は手でそれを隠すとジークを見つめた。

娘の姿を眺めながらアランは、ジークに尋ねた。

「しかし、ジーク様。良かったのですか？　自らのことを公爵にお伝えになって」

「構いませんよ。隠せばかえって相手は探りを入れてくる。それに知ったところで、これ以上うかつに手を出せば、公爵家の体面を傷つけることになりかねない。それぐらいはあの男にも分かるでしょう」

それを聞いてアランは頷く。

(確かにそうだ。正体を知り闇に葬《ほうむ》るにしても、死神と呼ばれる男ですら倒されたのだ。民の前であれほどの試合を見せたジーク様に、これ以上派手に手を出せば噂になりかねない。それに裏から手を回さずとも、ジーク様が次に戦う相手は……)

新入生最強の栄誉を得た者は、士官学校の最強者と戦うことになる。

その時の最強の在校生と、学園の首席を決めるために。

皮肉なものだ、とアランは思う。

（十年前、無残に居場所を奪われたルオ様と、代わりにその座を得た男。そんな二人が雌雄《しゆう》を決することになるとは。あの男のもう一人の息子。今までの相手とはわけが違う、一体どんな戦いになるのか想像もつかん）

アランはそう思いながらその場に佇み、遠ざかる公爵家の馬車の音を聞いていた。

7、エミリアの決意

死神の異名を持つ男が、トレルファス家を訪れる少し前。

王宮の中では、一人の少女が部屋の窓から日が沈みゆく街並みを眺めていた。

輝くようなブロンドの髪が美しい。

清楚な女神という言葉がぴったりの美貌を持つこの国の第一王女、エミリアである。

その白いドレスを、小さな生き物が勢い良く駆け上がる。愛らしい顔をした子リスのような生き物だ。大きな瞳と耳は、子猫のようでもある。それ故に子猫リスと呼ばれている。

珍種の為、貴族の子女たちにペットとして珍重《ちんちょう》されている。

その中でも、このように愛らしく真っ白の子猫リスは更に珍しい。

子猫リスは軽やかにエミリアの肩の上に駆け上がり、愛らしい顔をエミリアの頬に摺り寄せる。

それは絵になる光景だ。王宮付きの絵師が見たら、愛らしいこのシーンを描かせてくれと懇願することだろう。

「もう、リルったら。そんなにしたらくすぐったいわ！」

そう言って笑うエミリア。

リルというのはこの白い子猫リスのことだろう。

そんな子猫リスを追いかけてエミリアの傍に駆け寄ったのは、メイド服を着た王宮の若い侍女だ。

「ふぇ～エミリア様、申し訳ありません！　リルってば、餌をあげようと思ってゲージの扉を開けたら、あっという間に駆け出してしまって」

半べそになっているのは、王女付きの侍女のマリナである。

年齢はエミリアと同じ十五歳だが、童顔の為幼く見える。

「ふふ、マリナったら相変わらずなんだから」

マリナは少しドジなところはあるが、エミリアの傍に幼い頃から仕えている、妹のような存在である。

普段ならどこにでも連れていくのだが、レオニードが一緒の時は、彼が自分の侍女を傍に置きたがるので、今日は王宮で留守番をさせていたのだ。

エミリアを自分の支配下に置きたいという、レオニードの意思の表れだろう。

マリナはエミリアの笑顔を見て嬉しそうに笑った。

「エミリア様、今日はとても嬉しそう！　だから、私もリルもとても嬉しくって」

マリナが言うように、エミリアの肩にいるリルも嬉しそうだ。

その言葉を聞いて、エミリアは胸のブローチを手で触るとそれを見つめて頷く。

「ええ、マリナ。今日は、とってもいいことがあったの」

マリナは、エミリアが触れているブローチを見つめて、少し言いにくそうに言葉をかける。

「それは、ルオ様の。エミリア様、ずっとそれは身に着けずにおられたのに」

「マリナ……」

振り向くエミリアを見て、マリナは俯いた。

「ご、ごめんなさい！　わ、私、無神経で……ルオ様のことは、エミリア様の前では口にしないようにって思っているのに」

エミリアの手にしている蝶のブローチ。それがルオからの贈り物だということを知っているのは、当人同士以外ではマリナだけだ。

ルオがエミリアにそれをプレゼントするところを、傍で見ていたからである。

でも、それを口外したことは無い。エミリアが誰にも話さなかったためだ。

王女にとって本当の姉妹のように信頼出来る相手。エミリアはマリナを見つめた。

そして、静かに口を開く。

「マリナ、貴方を信頼して打ち明けたいことがあるの」

「エミリア様？」

王女の突然の申し出に、少し戸惑った表情をするマリナ。

だが、王女のいつもと違う様子を見て大きく頷いた。

（どうしたのかしら、エミリア様。こんなに思いつめたお顔をなさって。何か悩み事でも……）

そう思ってマリナは、エミリアを見つめる。

「エミリア様、何かお悩みがあるのなら仰ってくださいませ。マリナに出来る事なら何でもいたします！」

マリナのその言葉に、エミリアは胸のブローチを握りしめる。

そして、決心したように打ち明けた。

「マリナ、驚かないで聞いて頂戴。ルオ様は生きているの」

エミリアの言葉にマリナは、わけが分からないといった表情で立ち尽くす。

ルオが亡くなったと聞いて、エミリアがずっと悲しみにくれている姿を傍で見てきたからだ。

その姿を見るとマリナもリルも悲しくなったものだ。

（ルオ様が？　一体どういうことなの）

思わず問い返すマリナ。

「そ、そんな！　本当なんですか？　エミリア様」

「ええ、間違いないわ。私には分かるの、あのお方がルオ様だということが」

マリナは呆然と王女に尋ねる。

「あのお方って、どなたのことですか？　エミリア様」

「ジーク・ロゼファルス。今回の大会で見事に優勝を飾ったお方よ。そのお方のことでマリナ、貴方に頼みたいことがあるの」

エミリアの言葉を聞いて、思わず目を見開くマリナ。

「ジーク・ロゼファルスって、レオニード様を倒したっていう、あの？」

今年の実戦式戦闘術試験の件は、王宮の中でも噂になっている。

誰しもが優勝を疑わなかったレオニードを倒し、今年最強の新入生の栄誉を勝ち取った人物だ。

仮面を被った謎の男。それも普通の優勝者ではない。

(昼間、都の空にあの巨大な魔法陣を描いた術者)

マリナはエミリアに問い返す。

「じゃ、じゃあ、それがルオ様だって仰るんですか？」

マリナはとても信じられないといった表情でエミリアを見つめる。

当然だろう。ルオは第五等魔法格だと判定されて、エミリアの婚約者としても失格の烙印を押された男だ。

いくらエミリアの言葉だからといって、にわかには信じられる話ではない。

(魔力も無いルオ様がどうやって？　レオニード様は英雄クラスの力を持つお方よ。にもかかわらず、噂では圧倒的な強さで優勝したって。ジーク・ロゼファルス、物凄い使い手だって聞いたわ)

とても、同一人物だとは思えない。そもそも、ルオは預けられた騎士爵家で自ら命を絶ったと聞いた。既に死んでいるはずの人間だ。

張り詰めた雰囲気に、リルが不安そうにエミリアの頬に身体を寄せる。

その頭を優しく撫でながら、エミリアはマリナに答えた。

「仮面の下のお顔を見たわけではないの。でもマリナ、とても懐かしい感じがしたの。あれはルオ様だわ、私には分かる」

「エミリア様……」

王女は、転びかけた自分を支えてくれたジークの姿を思い出す。

抱きかかえられた時に抱いたあの感覚。そして、レオニードから守ってくれた時の背中。

ギュッとブローチを握りしめるエミリア。マリナはそんな姿を見て言った。

「エミリア様、マリナはエミリア様を信じます！　ルオ様は、私にとってもお兄様みたいなお方でしたもの。もし、生きておられるのならこんなに嬉しいことはありません！」

マリナは幼い頃、エミリアやマリナに絵本を読んでくれたルオの姿を思い出した。

二人ともそれがとても楽しみだったのを覚えている。

自分たちと同い年なのにそうは思えないほど大人びていて、いつも優しく笑ってくれた。

三人の時間はマリナにとってとても宝物だったのだ。

(あの頃、エミリア様は、ルオ様が来るのをいつも楽しみに待っていらしたもの)

昔のことが脳裏に蘇って、思わずマリナの瞳に涙が浮かぶ。

その姿を見てエミリアは頷くと、マリナの手を握る。

「あのお方は、私に士官学校でまた会いましょうと仰ってくださったわ。マリナ、私はもっとルオ様とお話がしたいの。だって、だって……この十年間、沢山伝えたいことがあったんですもの」

リルが心配そうに、エミリアの頬を伝う涙を小さな手で触る。

「ふふ、リルったら心配してくれるの？」

そう言って幼い頃のように無邪気に笑うエミリア。ルオにまた会えると思ってのことだろう。

大好きな王女のこんな笑顔は久しぶりだ。マリナも嬉しくてしょうがない。

「分かりました、エミリア様。任せてください！　私も一緒に士官学校には通いますもの、王女殿下が直接お声をかけることが難しい時も、私が橋渡しをいたします」

エミリアの願いが何なのか察したマリナは小さな胸を張って、どんと叩いてみせる。

「ほんとに!?　マリナ、ありがとう！」

王女に抱き着かれて、目を白黒させるマリナ。リルもその肩の上で、落ちないように慌ててエミリアにしがみつく。

抗議するように鳴き声を上げる子猫リスの姿に、エミリアは少し舌を出してリルの鼻先を指でつついた。

「ごめんなさいリル。そんなに怒らないで」

「でも、エミリア様。昔みたいに、エミリア様とルオ様と三人でお話が出来たら夢みたいですわ」

「ふふ、本当にそうね」

マリナの言葉にエミリアは頷く。

これから始まる士官学校での生活に胸を躍《おど》らせる王女。それだけで、世の中が鮮やかに色づいていくようにさえ思える。

（それに、私は誓いました。魔法格が全てのこの国を変えたいと。ルオ様なら、きっと分かってく

ださるはず)

清楚で可憐なその横顔に強い決意が浮かぶ。

そんな中、部屋の扉がノックされた。

「何かしら?」

エミリアが入室を許可すると、マリナとは別の侍女が部屋に入ってくる。

護衛騎士のグレイブも一緒だ。エミリアは彼に尋ねた。

「どうかしたのですか? グレイブ」

王女の問いかけに、グレイブは恭しく頭を下げる。

「はい、エミリア殿下。実は、陛下がこれからファルーディア公爵家に殿下をお連れになりたいと仰って」

「お父様が、私と一緒に公爵家に、ですか?」

「さようでございます」

エミリアの胸に嫌な予感がよぎる。

(一体どうして? まさか、ルオ様のことがもう公爵の耳に……もし、そんなことになったら)

十年前、自分が捨てた魔力の無い忌み子。それがこんな形で表舞台に姿を現すなど、公爵は絶対に許さないだろう。

体面の為なら、まるでゴミのように息子を捨てることをためらわない男だ。

エミリアは胸のブローチを握りしめる。

「分かりました。グレイブ、すぐに用意をいたしますとお父様に伝えてください」

「畏まりました、殿下！」

「エミリア様、マリナも参ります」

マリナの言葉にエミリアは頷いた。

（一体何事なのか、確かめなくては）

美しい王女は、そう思いながら急いで身支度を整えると、父親である国王のもとに向かった。


「お父様！」

護衛騎士と侍女のマリナを伴って現れた美しい王女を見て、国王ウィリアムは満足そうに笑みを浮かべる。

際立った美貌をもつ王女は、どこにいても人目を引く存在だ。

エミリアが姿を見せただけで、ウィリアムがいる玉座の間が華やかになる。

「おお、エミリア、よく参った」

傍にいる者たちもため息を漏らす。

「相変わらずお美しい……」

「ああ、いつ見ても可憐なお方だ」

子猫リスのリルもその肩の上にいる。

レオニードが嫌がるので最近は連れ歩くことはなかったが、それまでは王女の肩に乗る白く愛らしい子猫リスは、エミリアのトレードマークでもあった。

皆、噂し合ったものだ。誰がこの可憐な王女の愛を射止めるのかと。

国民から圧倒的な人気を誇る王女にして、国王ウィリアムの血を受け継ぐ唯一の存在。

正統な王位継承者である彼女と婚姻《こんいん》を果たした者は、絶大な権力を握ることになるからだ。

ウィリアムは美しい愛娘を眺めながら目を細める。

（ふふ、やはりレオニードには娘はやれぬ。士官学校に入り首席を取れば、問題無くこの婚約話を進めるつもりであったが、まさかその前に敗れるとはな。やはりエミリアの幸せを考えればあの男しかおらぬ）

エミリアはウィリアムに尋ねた。

「お父様。これからファルーディア公爵家に向かうとのことですが、何かあったのですか？」

ルオに何かあったのではと、気が気ではない様子のエミリア。

「何、大したことではない。もう馬車は用意させている、さっそく公爵家に向かうとしよう」

「でも、お父様……」

躊躇《ため ら》うエミリアを見てウィリアムは言を強くする。

「良いから来るのだ、エミリア。父の言うことが聞けぬのか？」

その様子には、断る余地は無い。

それから暫く後、エミリアは公爵家に向かう馬車の中にいた。彼女は不安げに窓の外を見る。

「一体、どうして急に……」

あの後も父親に公爵家を訪れる理由を尋ねたが、行けば分かるとの一点張りだ。

父王の強い意向に断ることも出来ずに今、馬車の中にいる。

リルが肩の上でそんなエミリアを心配そうに眺めていた。

「ごめんなさいリル。こんな顔をしていたら、貴方まで不安になるわよね」

不安な反面、一方では安心もしていた。

(どうやらルオ様のことではなさそうだわ)

ウィリアムの口から、それらしい話が全く出なかったことにほっと胸を撫でおろす。

もし、ルオに関係する話なら、ウィリアムの表情ももっと違うものになるだろう。

かつてのエミリアとルオの関係を考えれば当然の話だ。

一緒に王女専用の白い馬車に乗るマリナが、口を開いた。

「でも確かに変ですよね、エミリア様。ルオ様とのことがあって以来、陛下がエミリア様をファルーディア公爵家にお連れになるなんてことはなかったのに」

「ええ……ねえマリナ。そういえば、オリヴィア様はどうしていらっしゃるかしら?」

窓の外を眺めながらエミリアは思わずそう口にした。

エミリアのその言葉に、マリナはハッとする。

「ファルーディア公爵夫人ですね。エミリア様、夫人はルオ様のこと、ご存じなんでしょうか？」

「分からない。でも、もしご存じでないのなら教えて差し上げたいわ。だって、ルオ様のお母様ですもの……もし、ルオ様が生きていると知ったらどんなに喜ばれるか」

そう言って俯く王女を見て、マリナは悲しい気持ちになる。

（エミリア様は陛下に何度もルオ様のことを嘆願された。オリヴィア様も一緒に、何度も。でも、陛下は取り合わなかった。それどころか宰相様はそんなオリヴィア様を屋敷の中に閉じ込めて、外にも出さなくなった。家の恥をまき散らす女だと仰って。今、一体どうされているのか）

母として子を心配する妻を、幽閉する男。余計な真似をさせないために離縁さえ許さない。

自分の手元に置き、一生大人しく言いなりにさせるために。

（一体、オリヴィア様が何をしたっていうの？　酷すぎるわ）

かつて、エミリアと一緒にルオと過ごしたマリナにとっては、憤りを感じざるを得ない。

マリナは公爵に怒りを覚えながらエミリアに言う。

「エミリア様。公爵家に行ったら、何とかオリヴィア様にルオ様のことをお伝え出来ないでしょうか？」

「マリナ」

暫く考え込んでからエミリアは大きく頷く。

「ええ……ええ、そうね。やってみましょう、マリナ！　手伝ってくれる？」

「もちろんです、エミリア様！」

リルもエミリアの頬に顔を寄せて二人を見つめている。

「リル、貴方も手伝ってくれるの？」

王女の言葉に可愛らしく頷く白い子猫リス。

子猫リスがペットとして珍重される理由は、とても賢いこともある。それに、中には変わった力を持っている個体もいるのだ。

例えば、人の心を感じ取るテレパス。

飼い主と心が通じ合った子猫リスは、思いがけない芸当が出来たりもする。

エミリアの心を感じ取ったのだろう、リルは少し張り切った様子だ。

「ふふ、気持ちだけでも嬉しいわ。リル」

指先で頭を撫でられて、リルは気持ち良さそうに大きな尻尾を左右に振っている。

その時、王女が乗る馬車がゆっくりと止まる。

まるで、国王が住んでいると言っても誰も疑わないほどの立派な屋敷の前に、馬車は止まっていた。

エミリアは、窓からその屋敷を眺める。

かつてはよく訪れていた。

ルオと一緒に屋敷の庭で遊んで、オリヴィアが作る美味しい料理を食べて、とても幸せだったことを思い出す。

公爵夫人でありながら気取ったところの無い、美しくとても優しい女性だったことを覚えている。

でも、いつもどこか悲しげだったことを。

(オリヴィア様は知っておられたんだわ。ルオ様の魔法格のことを)

どんなに辛かっただろうかとエミリアは思う。

ルオとオリヴィアの気持ちを考えると、胸が押しつぶされそうになる。

エミリアは馬車を降りると、改めて屋敷を見渡す。

そしてマリナと顔を見合わせた。

「エミリア様。私はこの屋敷の侍女たちから、それとなくオリヴィア様のことを探ってみます」

「ええ、マリナ。お願いね、何か分かったらすぐに教えて頂戴」

国王の馬車も止まり屋敷から迎えが現れるのが見える。

それを見て、エミリアの隣でマリナも一瞬、緊張に表情を硬くする。

屋敷から出てきた迎えの中に公爵の姿も見えたからだ。

エミリアがギュッと手を握りしめるのが見える。二人がつい今しがた馬車で話していたことを考えれば、それも当然だろう。

マリナはエミリアの意思を再度確認するように囁きかける。

「エミリア様」

「マリナ、先程頼んだことお願いね」

「は、はい……もちろんです」

この広い屋敷のどこかに幽閉されているはずのファルーディア公爵夫人。その居場所の探索。

オリヴィアのことを思い、顔を見合わせて小さく頷き合う二人。

白い子猫リスは公爵がやってくるのを見て、王女の肩の上で小さく唸り声を上げた。

そっと、リルの頭を撫でるエミリア。

「リル、大人しくしていてね」

「エミリア様、リルは私が預かります」

「ええ、お願い」

マリナはリルの前に手をかざす。

愛らしい子猫リスは、少しエミリアの横顔を見つめていたが、そこに浮かんだ強い決意を感じ取って小さく頷くと、マリナの手を伝ってその肩の上に移動する。

「いい子ね、リル」

ただ賢いだけではなく、この白い子猫リスが強いテレパス能力を持っている証だ。

王女の心を強く感じ取っているのが分かる。

エミリアは近づいてくる公爵の姿を見つめながら、心を落ち着けるために深呼吸をして胸のブローチを手で握りしめる。

(怪しまれては駄目よ、エミリア。オリヴィア様に、何としてもルオ様のことを伝えなくては)

そう自分に言い聞かせて、王女に相応しい微笑みを浮かべる。

馬車から降りた国王ウィリアムが愛娘の傍に並ぶ頃には、この国最強の英雄と呼ばれる男が目の前に立っていた。そして、その隣にはブロンドの貴公子がいる。

王女の傍に立つ護衛騎士のグレイブは、その姿を眺めながら心中で唸る。

(ジュリアス・ファルーディア。都の闘技場でのあの戦いの裏で、もう一つの試合に参加した男。噂に聞いたが、本当にこの男は三英雄の一人であるオーウェン殿を倒したのか?)

そして、ブローチを握りしめている可憐な王女を見つめながら思う。

(皮肉なものだ。ほぼ同時刻に行われた二つの試合。あの仮面の男がルオ様だとしたら、共に勝利を勝ち取ったのは血を分けた兄弟ということになる)

どうしても考えざるを得ない。一体どちらが強いのだと。

ゼメルティアの門を開き、最強の新入生の栄誉を勝ち取った者か。それとも、三英雄を倒した士官学校最強の男か。

(陛下に同行した騎士の話では、オーウェン殿がその力を発揮する前に勝負をつけたとか。あの三英雄相手に、余程の力の差がなければ出来ない芸当。もし本当ならこの男は化け物だ)

グレイブは目の前の男の存在感に圧倒される。優雅だが、その動きには僅かな隙も無い。

そんなグレイブの眼差しの中で、ウィリアムとエミリアに一礼する公爵とその貴公子。

「これはこれは、国王陛下。それにエミリア殿下もよくぞ我が屋敷に、歓迎いたしますぞ」

「ようこそいらっしゃいました陛下。それに、エミリア殿下。いつ見てもお美しい」

そう言うと、ジュリアスはエミリアの前に優雅に右手を差し出す。

ウィリアムは満足げに娘に言う。

「何をしておるエミリア。屋敷までジュリアスに案内をさせてやるが良い」

「はい……お父様」

エミリアは少し表情を硬くしながらも、父王の言葉に同意する。

屋敷に入り、まるで宮殿のような大きなホールの中に招かれる。

そこには、既に多くの貴族たちが着飾った姿で集っていた。

現れた国王ウィリアムと、美しい王女の姿を見て歓声が上がる。

「おお！　国王陛下！　それにエミリア殿下も」

「何ともお美しい。それにジュリアス様とよくお似合いだ」

口々にそう声を上げる貴族たち。彼らの態度に違和感を覚えるエミリア。

（一体これは何の集まりなの？　こんなに多くの貴族たちが集まっているなんて）

そう思いながらもマリナに目配せをする。それを見て頷くと、注目を浴びているエミリアとジュリアスから離れ、人ごみに姿を消すマリナ。オリヴィアのことを探りに行ったのだろう。

そんな中、エミリアはウィリアムに尋ねた。

「お父様、これは一体？」

ジュリアスにエスコートされ、皆の前に姿を晒している娘を眺めながら、ウィリアムは満足げに笑みを浮かべると答えた。

「そう構えるでない、エミリア。口ほどにもないレオニードの代わりに、お前にもっと相応しい相手を用意してやらねばと思ってな」

「私に相応しい相手……」

父王の思いがけないその言葉に、エミリアは目の前のジュリアスを眺める。

そして、呆然とその場に立ち尽くした。

（レオニードの代わりに……もっと相応しい相手？）

エミリアはウィリアムの突然の言葉に動揺を隠しきれない。

「お父様、それは一体どういうことですか？」

問い返す娘に、ウィリアムは答えた。

「言葉通りだ、エミリア。そなたは唯一、我が血を引くこのアルディエントの至宝。それに相応しい力を持った相手を傍に置かねばならぬ」

国王の言葉に、ジュリアスはエミリアの手を取ったまま跪《ひざまず》く。

王女に仕える騎士のようなその仕草。だが、エミリアを見つめる瞳は野心に満ちている。

「エミリア様。たかが新入生同士の戦いに敗れるようでは、貴方様の傍に仕える資格など最初から無い。士官学校の首席として、これから入学する殿下はこの私がお守りすると誓いましょう」

ジュリアスのその姿に招待客から声が漏れる。

「おお、何とも頼もしいこと」

「ほほ、それにしても、レオニード様は口ほどにもない」

「いずれ正式に婚約は破棄されるでしょう。そうなれば次の婚約者はもちろん……」

「間違いない。噂ではジュリアス様はあの三英雄の一人に勝利したとか」

その言葉に満足げな笑みを浮かべる、国王ウィリアムとファルーディア公爵。グレイブは思わず拳を握りしめた。

（そういうことか。何故、急に殿下をこのような場所にと思ったが……）

王女の護衛騎士はようやく理解した。これは、新たな婚約者が誰なのかを皆に知らしめる為の宴なのだと。

王女の婚約者となる者が、士官学校の新入生同士の戦いで敗れることなど許されない。

レオニードがあのような敗北を喫した以上、いずれエミリアとの婚約は破棄される。その可能性はあるとグレイブも思ってはいたが。

グレイブは、国王とジュリアスの傍に呆然と立つエミリアを眺める。

（何と惨《むご》いことを。エミリア様にとって、十年ぶりに愛しいお方に会えたこの日に……殿下は、陛下や公爵の政治の道具ではない！）

王女であるエミリアの手を締め上げた、傲慢なレオニード。

その手を振り払ってエミリアの前に立ったジーク。

想い出のブローチを握りしめ、闘技場を去るジークの背中を見つめるエミリアの姿を思い出す。

グレイブはようやく昔の笑顔が戻ったエミリアの心中を思うと、騎士として失格だとは思いつつも、国王に対して憤りを覚えた。

臣下の心中を露知らず、ウィリアムは集まっている皆に言う。

「そなたたちも知っておろう。今、噂になっておる仮面の男のことを」

国王の言葉に再びざわめく会場。

「仮面の男……ジーク・ロゼファルス」

「あのレオニード様相手に、圧倒的な力を見せて勝利したとか」

ウィリアムは、ジュリアスをチラリと見て続ける。

「今年の士官学校の首席を決める試合は、皆にとっても興味深かろう。レオニードを破ったその男を倒したのであれば、誰からも文句は出まい。その試合に勝ったのならば、ジュリアスを我が娘エミリアの正式な婚約者とするつもりだ」

「おお!!」

「仮面の男とジュリアス様の戦い。これは楽しみですな」

「あの三英雄にさえ勝利されたのだ。ジュリアス様の勝利は、動かぬところでしょう」

ジュリアスはそんな声がさざ波のように広がる中、エミリアを見つめている。

レオニードよりも更に傲慢で、自信に満ちたその眼差し。純粋な愛ではなく、美しい王女を手に入れることで得られるものを欲しているのが分かる。

ウィリアムの言う通りだ、エミリアはいわばこのアルディエントの至宝。

それを手にした者は、まさに勝利者と言えるだろう。

(ルオ様……)

「どうされました、王女殿下」

自分の手を握るジュリアスの手を王女は払いのけた。

一瞬、ジュリアスの目が鋭くなる。

レオニードと同じ、自分を支配しようとするその目。エミリアはその傲慢な眼差しに、思わず吐き気を覚えた。

「ごめんなさい……少し気分が悪くなってしまって」

青ざめている王女の姿を見て、ウィリアムは言った。

「困った娘だ、せっかくのめでたい話だというのに。急な話に戸惑っておるのだろう。まだ、レオニードへの情もあろうからな。なに、少し休めば良くなるであろう」

国王の言葉に、公爵家の侍女がエミリアを控えの間に案内する。

エミリアは、同行したグレイブに願い出る。

「グレイブ、少し一人にしてくれませんか？　お父様には、良くなったらすぐに戻りますと伝えてください」

「……殿下。畏まりました」

グレイブはそう言って、公爵家の侍女たちを部屋の外に出す。

そして、部下の護衛騎士に、エミリアの伝言をウィリアムに伝えるように命じる。

「殿下、私は部屋の外におりますので、いつでもお声をおかけください」

「ええ、ありがとう。グレイブ」

すると、侍女が一人部屋の中に飛び込んでくる。マリナだ。

「エミリア様！」

グレイブはその腕を掴むと言う。

「マリナ、殿下はお一人になられたいそうだ」

「で、でも……」

エミリアは首を横に振ると、グレイブに伝えた。

「マリナはいいわ。私にとって妹のようなものだから。通してあげて」

「畏まりました殿下。それでは私は外におりますので」

そう言って一礼をすると、部屋を出るグレイブ。

マリナは青ざめているエミリアを見つめて心配そうに尋ねる。

「エミリア様、大丈夫ですか。お顔が青いですよ」

エミリアは、ジュリアスの傲慢な眼差しを掻き消そうと首を横に振ると、マリナを見つめた。

「マリナ、それよりもオリヴィア様のことは何か分かったの？」

子猫リスのリルがエミリアの肩の上に駆け上る。

マリナはエミリアの手を握ると大きく頷いた。

「はい、エミリア様。昔、エミリア様と一緒にここを訪れた時、とても良くしてくれた侍女を見つけて話を。殿下がどうしても、オリヴィア様にお会いしたいと仰っていると伝えましたところ、手を貸してくださるとのことです」

「それは本当なのマリナ！　それで、その侍女にはルオ様のことは？」

「もちろんまだ話していません。万が一、公爵に漏れでもしたら大変ですし、こんなこと、殿下の口からお話し頂かなければとても信じてもらえませんから」

マリナの言葉にエミリアは大きく頷いた。

死んだはずのルオが生きているなどと、誰が信じるだろうか。

「その侍女には、ただエミリア様がルオ様のことでオリヴィア様をお慰めしたいと伝えてあります。

殿下の強いご希望だと。オリヴィア様が幽閉されている部屋もご存じだそうです」

「そう……やはり閉じ込められているのですね。何て酷いことを」

清楚なエミリアの顔に、珍しく怒りの色が浮かぶ。美しい唇を噛みしめる王女。

「母が子を心配するのは当然のことではありませんか。それを、あまりにも惨い！」

父であるウィリアムにルオのことを嘆願した時に、唯一エミリアと共に行動をしてくれたオリヴィアの姿を思い出す。

(オリヴィア様にお会いしたい。そして、ルオ様のご無事をお伝えしなくては)

マリナはエミリアに申し出る。

「エミリア様、少しここでお待ち頂けますか？　手を貸してくださる侍女の方を、ここに連れてまいります」

「ええ、マリナ。お願い！」

王女の言葉に頷くと、マリナは一度部屋を出る。そして、すぐにマリナと共に一人の年老いた侍女と、白いローブ姿のシスターが部屋にやってきた。

部屋の前に立つグレイブがマリナに尋ねる。

「マリナ、この方々は？」

「ええ、グレイブさん。殿下のご気分が悪いと聞いて、良くなるようにシスターが祈ってくださると」

年老いた侍女はマリナの言葉に頷く。

「ルオ様が亡くなられてから、奥様はすっかりお元気を無くされて。私と数名のシスターが、奥様の身の回りのお世話をしているのです。この者はその一人」

「公爵夫人の……」

グレイブは、久しぶりに聞く名前に懐かしさを覚える。

（オリヴィア様に仕える侍女とシスターか。ルオ様の一件以来、オリヴィア様は公爵に幽閉されていると聞く。無慈悲な夫に息子を見放され、神にすがるしかなかったのだろう）

そして、彼は頷いた。

「分かりました。お入りください」

傍にいるもう一人の護衛騎士がグレイブに尋ねる。

「いいのですか？　グレイブ殿」

「構わぬ。姫の為に祈ってくれるというのだ」

そう言って簡単な持ち物の検査をすると、安全を確かめた上で扉を開けるグレイブ。

「ありがとう、グレイブさん」

マリナは、グレイブに頭を下げると侍女とシスターを部屋に招き入れた。

エミリアの姿を見ると深々と頭を下げる、侍女とシスター。

扉を閉めると、年老いた侍女は言った。

「お急ぎください、王女殿下。私が奥様のお部屋へとご案内いたします」

「貴方は確か、オリヴィア様の」

幼い頃、ここに来た時にオリヴィアの傍にいた侍女だ。

「はい、奥様にお仕えする侍女のハンナでございます。お久しゅうございます。殿下がお会いになってくだされば、奥様の心がどれほど慰められることか。さあ、急いでこの者と衣装の交換を。背格好がよく似たシスターを連れてまいりましたので。彼女は奥様のお世話をしているシスターの一人、信頼が出来る者ですからご安心を」

「衣装を？」

一瞬、戸惑った後ハッとするエミリア。その言葉の意味が分かったのだ。

「分かりました。ハンナ、感謝します！」

シスターの姿となり、ローブを着るエミリア。ローブに隠れる、その美しい髪や顔。

一方で、入り口を背にして座る王女の姿をした女性。それはハンナが連れてきたシスターだ。

マリナはローブを着たエミリアの手を握る。

「あまり長い間は誤魔化しきれません。さあ殿下、急いでください」

「ええ、マリナ」

頷くエミリアを見て、マリナは扉を開ける。

そして、グレイブたち護衛騎士に話しかけた。

「グレイブさん。気分を穏やかにする為にいい香草《こうそう》があるそうで、一度取りに戻ってくださるそうです」

「そうか、それはわざわざありがたいことだ」

グレイブたちの前に立って話をしているマリナの後ろで、足早に部屋を出ていく侍女とシスターの姿。彼女たちを見送りつつ、マリナが部屋へと戻ろうとする。

その時――

(駄目!!)

マリナは一瞬、背筋が凍った。白く小さな生き物が素早くマリナの足元を駆け抜けて、廊下を走っていく。

そして、シスターのローブの中に潜り込むのを見た。子猫リスのリルだ。

それはあっという間の出来事。

もう一人の護衛騎士は、丁度宴の会場から響いてきた笑い声に気を取られて、そちらに目をやっているが、グレイブの瞳はシスターの後ろ姿をしっかりと見つめている。

グレイブはマリナに尋ねた。

「マリナ。エミリア様は、まだご気分が優れずに部屋の中におられるのだな?」

「は、はい……」

マリナの頭は真っ白になる。

(駄目、気付かれてる)

そうなれば、今すぐ連れ戻されるに決まっている。かといってオリヴィアとの面会を公爵が許すはずも無い。

諦めて目を瞑るマリナ。

だが――

グレイブは王女を追いかける素振りを見せない。

その代わりに、マリナの肩にそっと手を置いた。

「そうか……分かった。マリナ、侍女とあのシスターはすぐに戻るのだな？」

「は、はい！　グレイブさん」

その言葉に、両手を胸の前に合わせて、祈るように王女の護衛騎士を見つめるマリナ。

グレイブは静かに頷くと、廊下の先に姿を消すそのシスターの後ろ姿を見守る。

（姫、どうかお気を付けて。オリヴィア様にお会い出来るよう、このグレイブ祈っておりますぞ）

◇　◇　◇

ローブを着たエミリアの肩の上、そのブロンドの髪の中に隠れて、つぶらな瞳で主を見つめている子猫リスのリル。

（もう、リルったら！）

思わず冷や汗をかくエミリアだったが、護衛騎士たちは後を追ってはこない。

気付かれなかったのかと、ほっと胸を撫でおろす。

「お願いだから大人しくしていてね」

今から部屋に戻るわけにもいかない。

王女が小さく語り掛けると、コクリと頷く子猫リス。

「いい子ね、リル」

オリヴィアに仕える侍女はリルの存在には気付かずに、王女を屋敷の奥へと案内する。

途中で見張りの兵士らしき者たちの姿も見かけたが、多くはホールで行われている宴の警護に駆り出されているのだろう、その数も少ない。

普段と変わらぬ様子を装いながら先に進む侍女と、俯きながらローブで顔を隠してその後に続くエミリア。

見張りの兵士が通り過ぎていった後、年老いた侍女がほっとしたように声を漏らす。

「殿下、この先にはもう見張りはいません。もうすぐ、奥様がおられる部屋です」

「ええ、ハンナ」

エミリアはルオがくれたブローチを握りしめる。

服は先程着替えたが、これだけは持ってきたのだ。

祈るような気持ちで前に進む。不審に思われ、いつ肩を掴まれるのではと鼓動が速くなる。

後ろに誰もいないか確認するために、振り返りたくなる衝動を抑え込む。

そんなことをすれば、怪しまれるだけだ。

(ルオ様、どうかエミリアをお守りください)

自分が見たルオの姿。それをオリヴィアに伝えたいという一心で前に進む。

先程の見張りが監視している廊下の奥、その扉をハンナは開くと、エミリアを中へと招き入れた。

「殿下、さあ早く中に」

「ええ」

年老いた侍女はエミリアが部屋に入ったのを見て、素早く扉を閉める。

押しつぶされるような緊張感から解放されて、思わず大きく息を吐く二人。

その場に座り込んでしまいそうになるのをこらえながら、王女は侍女の手を握りしめる。

「ありがとう、ハンナ！」

「いいえ、いいんです殿下。お辛い思いをされている奥様が喜んでくだされば、私は。さあ、奥の部屋へ。オリヴィア様にはまだお話はしていません。お伝えすれば、殿下にそのような真似をさせてはならぬと、固く私にお命じになるでしょうから」

エミリアは奥の部屋に通じる扉を見つめる。

（あそこにオリヴィア様が……）

促されるままに扉の前に進み出るエミリア。そして扉越しに夫人に話しかけるハンナ。

「奥様、ハンナでございます。実は、今日は奥様にお会いになりたいと仰るお客様をご案内いたしました」

扉の向こうからは優しげな女性の声が聞こえてくる。

「お客様？　このような場所にまでありがたい話です。ですが、お帰り頂くように伝えてください。私と関われば、そのお方にどのような迷惑がかかるか分かりません。ハンナ、どうかお気持ちだけで十分ですと伝えてくれますか？」

「奥様……いいえ、ハンナはそのご命令にだけは従うことが出来ません。坊ちゃまを亡くされた奥様にとって、何よりも慰めになるお方です」

年老いた侍女はそう言うと、そっと扉を開く。同時に、エミリアのローブの中から白い子猫リスが飛び出す。まるでエミリアのはやる気持ちを察したかのように。

扉の中はとても質素な部屋だ。

まるでこの家を追い出された息子よりも贅沢《ぜいたく》な暮らしをすることを自ら禁じたかのように、そこにあるのは庶民が使うような家具ばかりだ。公爵夫人の部屋とは思えない。

そして、やつれてはいるが、とても美しい女性が一人、部屋に作られた祭壇に向かって祈りを捧げている。

その女性の肩の上に駆け上がる愛らしい子猫リス。驚いたように振り返るその女性の視線の先には、一人のシスターの姿がある。

呆然と立ち尽くす主人の姿を見て、ハンナは外に出て、静かに部屋の扉を閉めた。

エミリアは胸に蝶のブローチをつける。

ルオがくれたプレゼント、それを選んでくれたのが誰なのか知っているからだ。

その姿を見て、夫人の頬を流れる涙。

「殿下……よくお似合いでございます。とても美しくなられて……」

「オリヴィア様！」

固く抱き合う二人。すっかりやつれて細くなったオリヴィアの体を抱きしめて、エミリアも涙を流す。

暫く固く抱きしめ合った二人だったが、オリヴィアは少し青ざめながらエミリアに告げる。

「殿下、どうしてこんな危険なことを。夫に知られれば何があるか分かりません。殿下がこうして訪ねてくれたということだけで、私は幸せです。どうか、すぐにお戻りを」

エミリアはオリヴィアの言葉に首を横に振った。

「いいえ、オリヴィア様。このまま帰るわけにはいきません。どうしても、オリヴィア様にお伝えしたいことがあるのです」

「私に、伝えたいこと？」

不思議そうにエミリアを見つめる夫人。エミリアは、その瞳をしかと見つめ返すと、オリヴィアに伝える。

「オリヴィア様、ルオ様は生きておられます。ジーク・ロゼファルスと名前を変えて」

公爵夫人は、美しい王女のあまりにも意外な言葉に、その場に立ち尽くした。

◇　◇　◇

丁度その頃。公爵家の前に、馬車が一台やってくる。

馬車の扉には公爵家の竜の紋章が刻まれていた。

屋敷の前に止まると、中から駆け降りる数名の者たち。その面々は、先程までトレルファス家を訪れていた顔ぶれだ。

慌ただしく屋敷の玄関を抜けると、宴が催されている会場に駆け込む。

その姿を見て、ファルーディア公爵が怒りの声を上げる。

「何の騒ぎだ、この愚か者どもめ!!」

騒めく宴の会場。男たちは、公爵の怒気に恐れおののきながらも、傍に行き何かを耳打ちする。

その瞬間——

会場に集まった者たちは戦慄した。

この国最強の英雄と呼ばれる男から放たれる、凄まじい怒りと魔力を感じて。

思わず、その男の傍から後ずさる人々。公爵は手にしたワイングラスを床に投げ捨てると、抑えきれぬ怒りを目に宿して唸るように呟いた。

「ふざけるな……生きていただと？　おのれ、一体あのクズは、どこまでこの家の名誉を汚すつもりなのか。英雄帝を名乗る我に出来損ないのゴミなどいらぬ」

公爵が放つ背筋を凍らせるような魔力。

それは、宴の会場から離れたオリヴィアやエミリアにさえも感じられた。

暫くすると夫人の部屋に別のシスターが急ぎ足でやってくる。

そして、扉を開けるとハンナに伝えた。

「ハンナ様、宴の会場が何やら騒がしくなっています」

宴の様子を監視するように、ハンナが手配をしておいたのだろう。

それを聞いて、ハンナはオリヴィアたちがいる部屋をノックすると声をかける。

「奥様、殿下、申し訳ございません。宴の会場で何かあったようです、急ぎお戻り頂かなくては」

それを聞いてオリヴィアは、もう一度強くエミリアを抱きしめる。

まるで本当の娘を抱きしめるように、強く優しく。そして、右手の指輪を外した。

「殿下、私は殿下を信じます。この指輪は私の祈りが込められたもの。私が今、殿下にお渡し出来る唯一のものです。どうか、あの子にお伝えください。母はいつも貴方の無事を祈っていると」

「オリヴィア様……必ず、必ずお伝えします」

オリヴィアは名残惜しそうにエミリアの美しい髪を撫でた。

「エミリア様、ありがとう。ここに来てくださった貴方の勇気、私は生涯忘れることはありません」

そう言って王女を部屋の外へと促すオリヴィア。侍女のハンナは、エミリアに一礼すると言う。

「さあ、殿下。お急ぎください」

「分かりました、ハンナ」

後ろ髪を引かれる思いで、ハンナと共に部屋を後にするエミリア。オリヴィアから受け取った指輪を大切に握りしめる。

そして、先程感じた魔力を思い出して背筋を凍らせた。

人を力で支配しようとする男。そんな傲慢さを感じさせる圧倒的な力。

エミリアは更に思い出す。あの質素な部屋で、ただひたすらルオのことを祈り続けるオリヴィアの姿を。

彼女が再びこの国で平穏に暮らすには、ルオが公爵以上の力を持つしかない。

この国最強の男を凌駕《りょうが》する力、そしてその地位さえも。

「ルオ様……」

エミリアは、もう一度しっかりとオリヴィアの指輪を握りしめる。

マリナが待つ部屋に戻ると、再び衣装を交換するエミリア。

「エミリア様、オリヴィア様とはお会いになれたんですか？」

「ええ、マリナ」

力強く答える瞳には、強い決意が浮かんでいる。マリナにはそう思えた。

宴の会場に向かうエミリア。会場は、まだ少し騒めいている。

だが、再び現れた王女の姿に視線が集まっていく。公爵は先程の知らせへの怒りを抑えつつ、王女に語り掛ける。

「これは殿下。その顔色、ご気分も治られたようで何よりです」

「ええ、ファルーディア公爵」

真っすぐに自分を見つめる王女に、違和感を覚える公爵。

(何だ？　この小娘。今までとは雰囲気が違う。まあいい、お前は大人しくジュリアスと婚姻すれば良いのだ)

王女に対する不敬な考えが言葉にせずとも滲み出る。その傲慢さに一瞬、エミリアは気圧される。

だが、右手に握りしめた指輪に勇気を与えられたように答えた。

「お父様、先程のお話、お受けします」

それを聞いて、国王ウィリアムは満足げに頷く。

「おお！　そうか、エミリア。お前の幸せを考えれば、ジュリアスは最も相応しい相手。最高の婚約者となろう」

ウィリアムはそう言うとジュリアスに命じた。

「ジュリアス、エミリアもお前を受け入れる決意が出来たようだ。皆の前でダンスでも踊って見せるがいい。場が盛り上がるであろう」

「畏まりました、陛下」

そう言ってエミリアの前に立つブロンドの貴公子。その自信に溢れた瞳が王女を捉える。

「さあ、殿下お手を。よく考えてお分かりになられたのでしょう？　この私に尽くすのが幸せだと」

差し出された手を再び振り払うエミリア。

「ジュリアス、貴方は勘違いしています。先程の約束は、貴方がジーク・ロゼファルスに勝てばという話です」

王女の言葉にジュリアスの目が鋭くなる。

「何が仰りたいのです、殿下？」

エミリアは静かに、だがはっきりとした口調で皆に宣言する。

「士官学校の首席を決めるその試合。その勝者が望むのであれば、私は喜んでそのお方の婚約者となりましょう。そう言っているのです」

王女の言葉に騒めく会場。

「どういうことだ？」

「それではまさか、噂の仮面の男が勝利した時は……」

「ああ、望めばそのもとに嫁ぐということか？　馬鹿な、いくら何でもそんなことを」

もしもそうなれば、その男はこの国で絶大な力を持つことになる。

公爵はエミリアを睨んだ。

（この小娘、何を言い出すのだ⁉）

国王ウィリアムは思わず声を荒らげる。

「何を言っている、エミリア！」

そんな中、エミリアの前に立つジュリアスは平然と笑った。

「ふふ、いいではありませんか、陛下。私はその条件で構いません。殿下の仰る通りです、たかが士官学校の首席を争う戦いで敗れるような者は、殿下の婚約者に相応しくない。そうではありませんか？」

静まり返る宴の会場。ジュリアスはエミリアを見下ろすと笑みを浮かべた。

「エミリア殿下、抗っても無駄な話。どうせ勝つのは私です。どうやら貴方には少し教育が必要なようだ。士官学校に入った後は、私が婚約者として貴方を導いて差し上げましょう」

傲慢なジュリアスの言葉に、エミリアは毅然《きぜん》と答える。

「結構です、ジュリアス。学ぶべきことは自分で決めます」

ジュリアスにそう答えた後、清楚で美しい王女は集まった貴族たちに向かって、はっきりと宣言した。

「ここにお集まりの皆様の前で、この国の王女として宣言します。入学に伴い、私はプリンセスガードにジーク・ロゼファルスとフレア・トレルファスを指名することを。彼らはこれからは私の特別な騎士、そして共に学ぶ仲間、万が一にも不当な扱いは許しません！」

再び会場が大きく騒めく。

「プリンセスガードですと！」

「共に入学されるご学友の中で、王女殿下が指名出来る特別な騎士」

「予定ではレオニード様とルーファス様、それにウェイン様の三名が指名されるはずだが」

プリンスガード、プリンセスガードと呼ばれる彼らは、共に入学し共に卒業する学友であり、側近となる。

国王ウィリアムが思わず声を上げる。

「急に何を言い出すのだエミリア！　聞けばその者たちは、貴族でもない騎士爵家の娘とその使用人だというではないか？」

「いけませんか、お父様？　彼らはその力を実戦式戦闘術試験で示しました。共に入学する誰よりもその任に相応しいと、私は思います」

それを聞いて招待客たちは囁く。

「確かに、レオニード様やルーファス様も暫くは士官学校に通える状態ではないと聞く」

「殿下と同級となる者で、相応しい力を持つ者が他にいるとしたら……」

「だが、身分を考えればそのような下賤な者たちを」

グレイブは驚きのあまりエミリアを見つめた。

(姫も大胆なことをなさる。これほど多くの貴族たちの前で、殿下自ら宣言したことを取り下げれば、王家の威信にも関わる。それを覚悟の上で敢えて……)

そう思いグレイブは決意を固め、国王の傍に進み出て膝をつき、一礼する。

「陛下。殿下の仰ることはもっともなこと。このグレイブ、本日の試合をこの目でしかと見届けました。両名とも素晴らしき戦いぶり。特にジーク・ロゼファルスは稀に見るほどの使い手。両名とも、これから士官学校で学ばれる殿下のお傍に置くのがよろしいかと」

「う、うぬ……」

集まった貴族たちの視線が、一斉に国王ウィリアムに注がれる。

(何ということだ！　可愛いエミリアが、このような愚かなことを言い出すとは。だが、これほど多くの者たちの前で王女として宣言した以上、今更取り消せぬ。そのような真似をすればエミリアだけではない、王であるこの余の恥になるではないか)

怒りを抑えつつ、国王は答える。

「よ、よかろうエミリア、そなたがそこまで申すなら好きにするが良い！」

「ありがとうございます、お父様」

ファルーディア公爵は王女を静かに眺めている。だが、その瞳は怒りを隠しきれない。

（この小娘、何を考えている。婚約者を挿《す》げ替えられたことが、それほど腹に据えかねたのか？

そこまでレオニードに想いを寄せているようには見えなかったが。まさか……知っているのか？

あのクズが生きていることを）

父や王が困惑する一方、ジュリアスは笑みを崩さない。

「無駄なことをなさる。三日後の入学式、その午後には士官学校の首席を決める試合が行われる。

そこで私が勝てば、殿下の婚約者はこの私。それほどまでにレオニードに情があるとは思いません
でしたが、聞き分けの無いことを仰るのも、それまでのこと」

それを聞いて招待客たちも納得したような声を上げる。

「な、なるほど、そういうことですか」

「ふふ、殿下もお優しいこと。確かにすぐにでもジュリアス様の愛を受け入れては、レオニード様
の立つ瀬がございませんものね」

「レオニード様を倒した者を傍に置く度量をお見せになった上で、ジュリアス様がお倒しになれば、
誰からも文句の出ぬ話」

国王ウィリアムはそれを聞いてようやく笑みを浮かべた。

（なるほど、そういえばそうであるな。賢い我が娘よ、ジュリアスにすぐに飛びついては浅ましい
女とみられるか。レオニードを倒したジーク・ロゼファルスを、ジュリアスの力を示す咬ませ犬に

使うのも悪くなかろう）

　気を良くした国王はジュリアスに顔を向ける。

「これは良い。面白くなってきたではないか。ジュリアス。三日後の試合、余も楽しみにしておるぞ」

「はい陛下。身の程を知らぬ者に、その分を教えてやりましょう」

　それから間もなく宴は終わり、招待客は皆帰路につく。

　エミリアは、王女専用の白い馬車の中で大きく息を吐いて、座席に寄り掛かった。

　子猫リスのリルが心配そうにエミリアの顔を覗き込む。もふもふした小さな体をエミリアの頬に擦り付ける。

「もう、リルったら。くすぐったいわ」

　それを聞いてマリナが呆れたように言う。

「くすぐったいわ、じゃありませんよ。エミリア様ったら、いきなりあんなことを言い出すんですもの」

「いけなかったかしら、マリナ。ルオ様の為に、私が出来ることは無いかって考えてみたの」

　そして、緊張のあまりずっと握りしめていた右手をゆっくりと開く。

　そこにはオリヴィアから渡された指輪がある。

「オリヴィア様の指輪が、私に勇気をくれたの」

「エミリア様……」

王女のそんな姿を見てマリナは頷いた。

「きっとルオ様の役に立ちますわ。それに、ルオ様がエミリア様のプリンセスガードになられれば、いつもお傍にいられるじゃありませんか！」

「え!?　……ええ」

可憐な顔を赤く染めるエミリア。マリナはエミリアに尋ねる。

「そういえば、エミリア様がプリンセスガードに指名されたもう一人、フレア・トレルファスというのは、確かルオ様が預けられた騎士爵家の？　ジーク・ロゼファルスの正体を知っているんでしょうか？」

「ええ、彼女もルオ様と共に行動しているように見えたの。まるで赤い薔薇のように可憐で、見事な腕前を持つ騎士だったわ」

マリナは少し警戒したように言う。

「そんな女性がルオ様の周りにいるなんて、マリナは気になります！」

「マリナったら、そんなこと。同じ家で過ごされているのだから、きっとルオ様の妹のような方よ。フレア・トレルファス、彼女と話すのも楽しみね」

マリナは頬を膨らませて王女を見つめる。

「エミリア様は甘いです。とにかく、士官学校ではルオ様に悪い虫がつかないように私が見張っています！」

それを聞いて、リルもエミリアの肩の上で一声鳴くと大きく頷く。

エミリアはそれを見てクスクスと笑う。

「もう、二人とも」

彼女は三人で過ごした昔のことを思い出す。そして、ルオの傍にいた赤毛の女騎士のことが脳裏に浮かんだ。マリナに言われたからだろう。

(とても素敵な方だったわ……)

懸命にルオを庇おうとする姿は、騎士としてのプライドに満ちていた。

「馬鹿ね、こんな時に私、何を考えてるのかしら」

エミリアはそう言って、馬車の窓から外を眺めた。


その頃、客が帰った公爵邸では、ファルーディア公爵がジュリアスを前に低い声で語り掛けていた。

殺気すら感じられるその姿に、使用人たちは蜘蛛《くも》の子を散らすようにその場を立ち去った。

「ジュリアス。三日後の試合、万が一にも負けることは許さぬぞ」

公爵のその言葉に、自信に満ちた表情で答えるジュリアス。

「ええ、分かっていますす父上。本気を出せば、この私に勝てる者など父上しかいない。それはご存じのはず」

それを聞いて公爵は満足げに笑った。

その表情は傲慢そのものだった。

「ふふ、そうだな。容赦はするな。その試合の中で、ジーク・ロゼファルスの息の根を止めるのだ。奴を必ず殺せ。正式な戦いの場で死んだとあらば、誰も文句は言うまい」

8、星の勲章

実戦式戦闘術試験から三日後。

その日の早朝、都の西に位置する士官学校の本校舎は騒めいていていた。

もちろん、今日が新たな学生たちを迎える入学式だということもある。

だが、在校生たちの騒めきの原因は、明らかにそれだけではない。

闘技場の戦いで勝利を手にした男のことは、新入生を迎える準備をする在校生たちの間でも、既に噂になっていた。

会場の設営を担当する生徒たちは口々に言う。

「ジーク・ロゼファルス。一体何者なんだ？」

「ああ、聞いたことも無い」

「何でも、第三等魔法格で騎士爵家の使用人らしいぞ」

郊外の練兵場で行われたジュリアスの試合を見学していた彼らは、その戦いを見ていない。

それ故に、未だに信じられない思いで話を続ける。

「第三等魔法格の使用人だって？　あり得ないだろ、そんなこと……」

「でも、魔法紋検査で間違いなく本人だと確認されたそうだ」

「聖騎士ディアナ様が直接お調べになったらしい。異議があるのならば自分のところに来いと」

それを聞いて顔を見合わせる生徒たち。

「王国の守護天使が？」

「なあ、一体どうなるんだ？　もし、その仮面の男がジュリアス様に勝ったら」

「あ、ああ……」

話に加わっている男子生徒の一人、ロランは思う。

彼は学業は優秀だが、魔法格は噂の男と同じ第三等魔法格。成績が優秀なことで、逆に士官学校では肩身の狭い思いをしている。

どれだけ努力しても将来、第一等魔法格や第二等魔法格の人間より良い地位を与えられることは無いだろう。そんなことは分かっている。

目をつけられて理不尽な苛《いじ》めを受けるよりも、大人しく愚かなふりをしている方が幸せだということも。

(ジーク・ロゼファルス。彼も僕と同じだ。第一等魔法格でも第二等魔法格でもない。もしも、彼がジュリアス様に勝つようなことがあれば、この国の魔法格による支配はどうなるんだ？)

新入生最強の男と、士官学校最強の男では、称号の重みは全く違う。

士官学校に在校するのは十五歳から十八歳の間。同じ第一等魔法格でも、その数年で力を大きく伸ばす者は多い。

その証拠に、過去に在校生最強の者と新入生最強の者が戦って、新入生が勝利をおさめたことは一度きりだ。

本来は力の差を思い知り、今後の研鑽《けんさん》に努めるための儀式でもある。

僅か十五歳にして圧倒的な力で当時の在校生の首席を破ったのは、士官学校の歴史を通じてもジュリアス・ファルーディアただ一人だ。

同学年であるロランもその試合を見た。いや、実際には見えなかったというのが正確だろうか。

勝負はまさに一瞬。動いたことさえ分からなかった。

それほどの力の違いと、圧倒的な才能を見せつけた。

天才という言葉は、この男にこそ相応しいとその場にいた者は思ったはずだ。

ロランがそんなことを思い出していると、いつの間にか数名の生徒がロランたちを取り囲んでいるのに気が付く。

その先頭に立つ屈強そうな体格の学生が言った。

「貴様ら今、ジュリアス様が負けたらと言っていたな。俺の耳が悪くなったのか？」

ロランの仲間たちは皆第三等魔法格。

対してその男は違う。それを顕著《けんちょ》に示すのは胸につけられた金色の勲章だ。

勲章の下の赤い布には十個の星が刻まれている。

「お、おい……十傑会《じゅっけつかい》だ」

「あ、ああ」

ロランの仲間たちは怯えたように顔を伏せる。

勲章を胸につけた学生は、ロランの顔の傍に自分の顔を寄せる。

そして、嘲るように言った。

「またお前かロラン？　第三等魔法格のクズのくせに、無駄な努力ばかりしやがって。その上、ジュリアス様が負けるだと？　寝ぼけやがって、この馬鹿が!!」

「ぐっ！　うぁ!!」

ロランは男に腹を蹴られて地面にうずくまる。

仲間が助け起こそうとするが、ロランを蹴り飛ばした男に睨まれて身動きがとれない。

周囲の生徒たちが声を潜めて囁く。

十傑会とは、士官学校において、ある分野で優れた力を持つ十人のことだ。彼らは皆、星が刻まれた金色の勲章を持っている。

抜きん出たその力故に、士官学校を卒業した後の将来を約束された者である。

ロランの仲間たちは囁く。

「ギリアムだ。今年、新たに十傑会の一人に選ばれた士官学校のナンバー10」

「ああ、ロランも運が無いよな。あんな奴に目をつけられて」

ギリアムと呼ばれた生徒は、ロランを見下ろす。

「もう一度このギリアム様に教えてくれ。俺たち十傑会のトップであられる偉大なジュリアス様が、

「誰に負けるんだ？　この馬鹿が!!」

そう言ってもう一度、ロランを蹴り飛ばす……はずが、その足が途中で止まる。

そこにいる者は感じた、まるで凍り付くような魔力を。

そして、何かがやってくる気配を。

士官学校の入り口の飾りつけをしていたロランたち。まだ早朝ではあるが、彼らがいる入り口に向かって歩いてくる男女の姿が見える。

一人はまるで赤い薔薇のように美しい少女、そしてもう一人は銀色の仮面を被った男。

冷気のような気配を放っているのはその男だ。銀色の仮面がギリアムを眺めている。

士官学校に入学する生徒なら、誰でも十傑会の金の勲章のことは知っているはずだ。

だが、彼の足取りは何者も恐れてはいないようだった。

男はギリアムに言う。

「それぐらいにして消えろ。目障《めざわ》りだ」

彼の言葉に周囲は凍り付く。

相手は学園を支配していると言っても過言ではない存在。十傑会の勲章をする者に、そんな口をきいた人間など、未だかつていない。

それを聞いて、ギリアムは反射的に腰に提げた剣を抜き放った。

「何だと！　この俺を誰だと思ってやがる!!」

だが、抜いた剣はもう折れている。

一体いつ誰がそれをやったのか。ロランはその問いが愚問だと悟る。

何事もなかったかのようにギリアムの横を通り過ぎる男。彼がやったのだ。

剣を抜く素振りすらなかった。

かつてジュリアスの試合を見た時に覚えた感覚が蘇る。ジュリアスと同様に、この男もまた天才と呼ばれるべき才能の持ち主だと、ロランは直感した。

惨めに地面に尻もちをついたギリアムが、血走った目で仮面の男の背中に向かって叫んだ。

「貴様！　貴様があの……調子に乗るなよ！　貴様ごときにジュリアス様が負けることなどあり得ん！　十傑会最強の座につく、あのお方が!!」

仮面の男は美しい少女と共に、振り返らずに学園の門をくぐる。

そして、背を向けたまま答えた。

「ならばそいつに伝えておけ。今日の午後には、お前はその座を降りることになるとな」

ジークの言葉に、ギリアムは怒りに我を忘れて、傍にいる取り巻きの剣を奪うと怒声を上げる。

「黙れぇええ！　下賤な騎士爵家の使用人ごときが、ジュリアス様にそのような大言、許さんぞ!!」

十傑会のメンバーともあろう者が人前で、背を向けた者に刃を向ける。あってはならないことだ。

しかしギリアムの目からは、この学園で最高のエリート集団の誇りすら消え失せている。

野獣のようなその瞳。

だが、そこに映っているのはジークの背中ではない。

彼の目に映るのは、燃え上がるような赤い髪。

ロランたちは思わず見惚れた。

ギリアムの前にいるのは、あの赤い薔薇のように美しい少女だ。

「美しい……」

「ああ……」

ギリアムの剣を弾き飛ばし、仮面の男の背を守る赤い髪の女騎士。その額には聖印が浮かび上がっている。

そして彼女――フレアはギリアムの首筋に剣を当てる。

「あんたでも、主への使いぐらいは出来るでしょう？　それとも、噂の十傑会とやらは、弱い者を苛めることぐらいしか能が無いのかしら」

「せ、聖印だと！　馬鹿な、そんな馬鹿な!!」

ギリアムが呆然と後ずさる。

ロランたちは驚いてフレアの額を見つめる。

「聖印……」

「士官学校の生徒で聖印を開けるのは、十傑会でも数人じゃなかったか？」

「じゃあ、彼女は彼らに匹敵する力の持ち主なのか？」

生徒たちの前で侮辱され、怒りに燃えるギリアム。

「よくも……女の分際でよくもこの俺を！」

「女の分際？　あんたみたいな男が口にしそうな言葉ね。言いたいことはそれだけかしら？　なら消えなさい」

「く、行くぞ！　覚えていろよ、ジュリアス様が貴様らのような下賤な者どもを、お許しになるはずが無い!!」

フレアに勝てないと悟ってか、捨てゼリフと共にその場を去っていくギリアムたち。

赤い髪の少女は肩をすくめると、再びジークの隣に並んで歩き始める。

「やれやれね。別に私が守らなくても、あんたは平気でしょうけど」

「ええ、お嬢様」

ジークのその言葉にフレアは苦笑する。

「何がお嬢様よ。でも、あんたのお蔭でもう完全に聖印を使いこなせるようになったわ。三日間特訓したかいがあったわね」

「ああ、剣の特訓というよりはダンスの特訓だったがな」

ジークのその言葉に、フレアは少し顔を赤らめる。

三日間の特訓を思い出したのだ。

(あの死神相手の時は必死だったから、気が付いた時には開眼してたけど、あれからもう一度自分だけでやろうとしても出来なかったもの)

それからというもの、二人は意識を集中し、屋敷の中で踊り続けた。手のひらを触れ合わせ、その指先から互いの意思と魔力を感じながら。

魔力が溶けるように一つになっていき、それが極限に達した瞬間、ジークの額がフレアの額に触れて、何度も開眼する体験を繰り返した。

どちらかがその気になれば、唇が触れ合ってしまうようなその距離。それを思い出すと、フレアの可憐な美貌が真っ赤に染まる。

(大体何なのよ。何でこいつが平然としてるのに、私がこんなこと意識しないといけないのよ)

ツンとするフレア。ジークは歩きながらそんなフレアの顔を見つめている。

それに気が付いて、フレアは動揺したように言った。

「な、何よ? 私の顔に何かついてる?」

「いや、別に。聖印のその先が、どうやら見えてきたようだなと思ってな」

次第に消えていくフレアの聖印。その色は、赤い薔薇のような彼女に相応しく、ほんの僅かだが赤く色づいていた。

「ええ、お蔭様で。第三の瞳の真の力が分かりかけてきたもの」

二人がそんな会話をしていると、先程通り過ぎた士官学校の正門の前が騒がしくなっていく。

フレアは後ろを振り返る。

その視線の先にあるのは白い馬車。周囲には、騎乗した護衛の騎士たちの姿も見える。

「どうやら、王女殿下が来たようね。どうするのジーク? 噂ではあのお姫様、私たちをプリンセスガードに指名するみたいよ」

フレアの言葉にジークは何も答えない。

仮面の奥の青い瞳を見つめるフレア。

(あのお姫様は、貴方の正体に薄々気が付いてるわよ)

そう思いながら、小さく首を横に振る。

(いいえ、そうじゃない……確信しているわ、貴方がルオだってこと。そうじゃなかったら、あんなこと出来ない)

彼女は守護天使ディアナにエミリアが駆けていった時のことを思い出す。その圧倒的な魔力を前にして、騎士であるフレアでさえあの時、足がすくんだのに。

フレアは唇を噛みしめた。そして、戸惑う。

どうして、こんなに悔しいのか分からない。

死神と呼ばれる男を前にした時は、動くことが出来た。

ルオが死ぬんじゃないかと思った瞬間、身体が勝手に反応したのだ。

結果的には、それが自然に聖印を開かせた。それを成し遂げさせた感情は、エミリアへの悔しさとつながっているような気がする。

フレアは困惑しつつ、気持ちを切り替えるように首を振る。

(馬鹿馬鹿しい。こいつは私を相棒に選んだ。だから負けたくないだけ。相手がどんな相手でも……ただそれだけよ)

「どうした？　フレア」

「別に何でもないわ。それより……」

生徒たちが、王女の馬車に深々と一礼する中、白い馬車とそれを守る騎士の隊列が動きを止める。

ジークとフレアは、白い馬車から降りてくる人影を見た。

王女の為に特別にあつらえられた白い制服に身を包んだ少女。肩には白い子猫リスが乗っている。

その清楚で可憐な姿に、周囲からため息が漏れる。

「エミリア殿下だ！　わざわざ馬車を降りられるなんて」

「何てお美しい！」

「ああ、可憐なお方だ」

彼女の傍には、士官学校の制服を着た少女が付き添っている。侍女のマリナだ。

「ジーク・ロゼファルス！」

気取った様子も無くジークに駆け寄るその姿は、更に生徒たちの目を引いた。

護衛騎士のグレイブも、彼女を守りながらジークの傍に歩み寄る。

王女の前に膝をつき、恭しく礼をするジークとフレア。エミリアはジークに言う。

「ジーク・ロゼファルス。あの時の約束通り、また会えましたわね」

「ええ、殿下」

ジークのその言葉に頷くと、エミリアはフレアに視線を移す。

「フレア・トレルファス。貴方ともまたお会い出来て嬉しく思います」

「こちらこそ。お声をかけて頂きまして光栄です、殿下」

グレイブは前に進み出ると、ジークとフレアに伝える。

「そなたたち両名は、入学式が終われば殿下の側近とも言える、プリンセスガードに任命されることになる。いずれ、正式な通達もあろう」

その言葉に、再びエミリアに一礼する二人。エミリアはフレアの手を取ると言った。

「頼りにしています。フレア・トレルファス」

「恐れ入ります、殿下」

エミリアはジークの前に立つと、その手をそっと握った。

「ジーク・ロゼファルス。貴方も頼りにしています」

握った手のひら、そこには小さな指輪があった。

そして、小さく囁く。

「貴方の為に祈っています。その指輪を託してくださった方と同じように」

仮面の奥の青い瞳がエミリアを見つめている。エミリアは、そっとその指輪をジークに握らせた。

グレイブが王女に声をかける。

「殿下、そろそろ参りましょう」

「ええ、グレイブ」

王女は自らの馬車へ戻っていく。そして、後ろ髪を引かれるように振り返ると言った。

「ジーク、今日の試合、どうか勝ってください。貴方の勝利を心から願っています」

グレイブは思う。

（いずれにしても、ルオ様が勝たなければ始まらぬ。もし敗れれば、もう姫に自由は無い）

婚約者となったジュリアスがそれを許さないだろう。籠の中の美しい鳥に戻るだけだ。

グレイブはルオの勝利を願った。

（姫の笑顔をもう曇らせたくはない。それにこのお二人ならば、腐りかけたこの国を変えてくださるかもしれぬ）

王女を乗せて再び校舎に向かって走り出す馬車。

その後、王女を迎え、入学式は盛大に行われた。

◇◇◇

そして、午後からの試合。都の闘技場は騒然としていた。

まだ数日前の大会の興奮が冷めぬまま、今日の試合が行われる。

しかも、国王を招いた御前試合だ。

士官学校の首席を決める試合に、国王が来ることなど普通ならば無い。

それほど、この試合が注目を浴びている証拠だ。

国王の隣には宰相であるファルーディア公爵の姿も見える。

戦いの舞台から少し離れた場所には、それぞれのセコンド役の生徒たちの姿がある。

ジークの側にはフレア。そして、ジュリアスの側には十傑会の勲章をつけた生徒が数名。

彼らの間では、激しい火花が散るような緊張感が漂っている。

観客たちは口々に言った。

「お、おい。どうなるんだこの試合⁉」

「そんなの分かるかよ。でもよ、俺はあの仮面の男が勝つ方に賭けるぜ」

「馬鹿言え。相手はあのファルーディア公爵の息子だぞ」

それを聞いて、隣の男が大きく頷く。

「ああ、噂じゃ三英雄の一人のオーウェン様を圧倒したって話だ」

「おい、嘘だろ！　ほんとかよそれ⁉」

騒がしい客席をよそに、貴賓席では国王ウィリアムの隣でエミリアが祈っている。

（オリヴィア様、どうかルオ様に力を）

戦いの舞台では、二人の男が対峙している。

士官学校最強の男、そして新入生最強の男。高まる緊張が周囲にも伝わったのか、あれほど騒がしかった会場が今度は静まり返る。

ジュリアスの目は、仮面の下の青い瞳を射抜いている。

そこから感じる何か。同じ血を持った者故に感じるそれに、ジュリアスは酷薄な笑みを浮かべた。

「ふふ、なるほどな。まさかと思ったが、貴様に会って確信した。父上が、何がなんでも貴様を始末したいわけがな。十年前捨てられたゴミが何故帰ってきた？　愚かな男だ。もうお前に戻る場所など無い。第五等魔法格のクズが生きていること自体が、我が公爵家の恥なのだ。父上に代わってこの私がお前を始末してやろう」

嘲るようにジークに語り掛けるジュリアス。

そして、貴賓席でジークの為に祈るエミリアを眺める。

「あの女も愚かなものだ。だが、お前が死ねばいずれ私の従順な妻となるだろう」

戦いの舞台で、同じ血を持つ二人が対峙しているその頃。

闘技場の観客席の更に上層。そこに一定の間隔で配置されている、警備の為の物見部屋。その一つで、ある男が血走った目で眼下を眺めていた。

来賓も訪れている中、不審な者がいないかを見張るための部屋だ。

今日は士官学校の学生たちの一部も選ばれ、警備にあたっている。

闘技場の東に当たるこの物見部屋にも、二人の学生が詰めていた。

本来ならば警備の役を務めるはずの者。だが、それが何故、血走った目で戦いの舞台を凝視しているのか。

その男は、怒りに満ちた声で唸る。

「殺してやる、殺してやるぞ！」

その言葉を聞いて、同じ部屋にいるもう一人の学生が怯えたように言う。

「ギ、ギリアム様、いけません。我らの任務は会場の警備。問題が起きれば責任を問われかねません！」

会場の警備。その一部を任されている学生たちのリーダーは、十傑会のメンバーだ。

ジュリアスの傍にいるのは、十傑会の中でも五指に入る者たち。それ以外は、入り口と東西南北に分かれ、それぞれの場所の警備任務の指揮にあたっている。

無論ギリアムもその一人だ。本来なら警備の学生の指揮をとる立場の一人だが、こうして物見部屋の一つで眼下の会場を眺めている。

「お前が黙っていればいいのだ！　それに、あの男を殺したところで誰が咎める？　たかが騎士爵家の下賤な使用人が死んだところで、すぐに皆忘れるわ!!」

「し、しかし……」

ギリアムは、自分の言葉に異を唱える学生を殴り倒す。

胸につけられた星が刻まれた勲章を誇らしげに見せると言う。

「黙れ、お前は俺の言う通りにしていればいいのだ！　この俺を誰だと思っている？　お前にはこの勲章が見えんのか？　ん!?」

床に倒れた自分の部下を蹴り飛ばすギリアム。

「ぐはぁ！　わ、分かりました！　お許しくださいギリアム様！」

「分かれば良いのだ愚図《ぐず》が。この部屋では何もなかった、そう証言するのがお前の仕事なのだ！　分かったか愚か者が!!」

「は、はい……」

ギリアムは呻き声を上げる学生を見下ろしながら、壁に掛けられた長い筒を手にする。

そして、そこからあるものを取り出した。

「くくく、下賤な騎士爵家の使用人ごときが、尊いこの俺にあのような恥を。許せん、死をもって償《つぐな》わせてくれるわ！」

今朝、仮面の男の前で尻もちをついたことを思い出し、その目は更なる怒りに染まっていく。

手にしているのは、まるでライフルのように銃身の長い鉄砲だ。

ギリアムはそれを構えると、身を隠しつつ、部屋の窓から戦いの舞台にいるジークの頭に狙いをつける。

「ふふ、これぞ我が家に伝わる魔銃《まじゅう》と呼ばれる魔道具。多くの英雄を輩出した我がルドウェンス家の至宝」

銃身につけられた照準器が、ギリアムの魔力に反応し視界を拡大する。

「これさえあれば、奴になど後《おく》れをとらなかった……そうだ、これさえあれば」

まるで自尊心を満足させるように、そう繰り返すギリアム。そして、己の魔力を魔道具へと込めていく。

魔力が凝縮され、それが弾丸のように魔銃に装填《そうてん》されていくのを感じ、残忍な笑みを浮かべる。

「奴の頭をぶち抜いた後、次はあの女だ。女の分際でこの俺様に恥をかかせてくれた、あの生意気な女！」

ギリアムは自分に剣を向けたフレアの姿を思い出す。

美しい赤い薔薇のような少女。自らの放つ魔弾が、その可憐な薔薇を散らすところを想像して下《げ》卑《び》た笑いを浮かべる。

ギリアムの表情に、蹴り飛ばされた学生はゾッと背筋を凍らせた。

残忍なサディストの指先が、魔銃の引き金にかかる。

だが、その瞬間――

ギリアムの身体は固まった。

部屋の入り口から声が聞こえる。美しい女の声だ。

「その指を少しでも動かしたらあんたは死ぬよ。そんなおもちゃを使わなくても、あの坊やはそれ以上のことが出来る」

ギリアムを凍り付かせたのは、突然現れたその女の声ではない。

こちらを見ているのだ。

スコープの中の仮面の男。彼の青い瞳がギリアムを見つめている。

氷のように燃え上がるような炎、そんな青を宿した瞳が。

「ひっ！　ひぃいいい!!」

ギリアムは情けない声を上げて、尻もちをついた。

いつの間にかその頬には傷痕が出来ている。何者かが放った銃弾が、そこを掠めたかのように。

壁にはそれを示すかのごとく、何かが貫いた穴が開いていた。

(ま、まさか……あいつがやったのか。あ、あいつが……ジュリアス様と対峙している最中に)

魔弾を放った者、それは青い目をした死神だ。

「甘い坊やだね。でも、あの瞳にはそそられる」

そう言って眼下の舞台を見下ろす、突然現れたエルフ。王国の守護天使だ。

ディアナはギリアムに言う。

「今日の警備の最高責任者はこの私だ。そんな中でこんな真似をするなんて、いい度胸じゃないか？」

ディアナの後ろには、その部下の騎士の姿が見える。

エルフの女騎士は彼らに命じた。

「そいつを捕らえて牢にぶち込んでおきな。御前試合での暗殺未遂だ、その罪は重い。覚悟しておくことだね」

「はっ！　ディアナ様!!」

騎士たちはギリアムを連れていく。

美しいエルフは再び眼下の戦いの舞台を見つめてから、部屋を出た。

その時——

戦いの舞台を見つめる観客たちから、大きな歓声が湧き上がる。

「どうやら始まったようだね。ジーク・ロゼファルス、そしてジュリアス・ファルーディア。同じ血を持つ二人の男。久しぶりに面白い戦いが見られそうだ」

9、氷と炎

戦いの舞台で対峙する二人の男。その内の一人に生じた変化に、観客たちは声を上げた。

今までには無かったことだからだ。

「お、おい……」

「ああ、あの仮面に傷が」

皆の視線の先にあるのは、戦いの舞台に立つジークの銀色の仮面。

その頬の部分に刀傷が刻まれている。

「い、一体、誰がやったんだ？」

「馬鹿かお前は、そんなの一人しかいないだろう？」

質問をした男も、それが愚問だとは分かっている。

だが、動いていないのだ。仮面を斬り裂いたであろうその男は、身動き一つしたように見えない。

ジュリアス・ファルーディア。士官学校最強の男。

彼は剣を鞘から抜いてすらいない。少なくとも観客にはそう見えた。

ジュリアスはジークを眺めながら言う。

「この俺の前で、下らぬ雑魚のことなど気にしている暇があるのか？　死ぬぞ」

ギリアムのことを言っているのだろう。

恐るべきは、物見部屋へ魔弾を放った青い目の死神なのか。それとも、その死神の仮面を斬り裂いたこの男なのか。

二人の間に生じる凍り付くような気配に、観客たちは息をのむ。

すると、ジュリアスの額に聖印が浮かび上がっていく。

「あ、あれは聖印！」

「だが、何だあの青い光は。レオニード様の時とは違う」

黄金の光を放っていたレオニードの聖印。だがジュリアスのものは青だ。

しかし、そこからは、レオニードの時よりも遥かに強い魔力が発せられている。

フレアは呟いた。

「聖印のその先にあるもの。己の魂とも呼べる部分から呼び覚まされる、恐るべき力」

そして――

(しかもジークと同じ色だわ)

術者によってその色は異なる。

死神を名乗っていたジェルドの聖印が漆黒であったように。そして、フレアのそれが赤く色づき始めているように。

ジークの仮面の下からも、凍《い》て付くような青い光が漏れ出ている。

ジュリアスはそれを見て笑みを浮かべた。

「聖印すら超える魔聖眼《ませいがん》と呼ばれるこの瞳を開いたか。それぐらいはやってもらわねば困る。そうでなくては面白くない」

運命の皮肉だろうか、同じ血と同じ色の魔聖眼を持つ二人の男。

その瞬間——

二人の姿が戦いの舞台から消えた。

直後、無数の火花が舞台の上に生じる。

それが、凄まじい速さで剣戟《けんげき》を繰り広げる二人によるものだと気付いた者が、この場に何人いるだろうか。

戦いの舞台にはその衝撃波で幾筋もの亀裂《きれつ》が生じ、凍て付いていく。

再び舞台に姿を現した二人。双方の剣は凄まじい魔力と冷気を帯びている。

その実力はまさに互角、フレアにはそう思えた。

「あのジュリアスと互角だと？　お、おのれ、騎士爵家の使用人ごときが!!」

貴賓席では祈りを捧げるエミリアの横で、国王ウィリアムが苛立たしげに叫ぶ。

(万が一にも、あの男が勝つようなことがあってはならん！　可愛いエミリアが騎士爵家の使用人ごときの妻になるなど許さぬ、尊い我が王家が薄汚れた血で穢れるわ!!)

国王の様子を横目に公爵が笑みを浮かべる。

「陛下、心配をする必要などありませぬぞ。この程度で互角ならば、勝負にならぬ。そうであろう？　オーウェン」

国王と公爵の傍には、ジュリアスと戦った三英雄の一人オーウェンが控えている。

英雄帝を名乗ろうとする男に疑義を感じながらも、その強大すぎる力を感じ屈した紅蓮の魔導騎士。そのオーウェンは戦いの舞台を見つめている。

(あの仮面の男、どこから現れたのかは知らぬが凄まじい使い手だ。だが、確かにあれでは勝てぬ。三英雄であれば皆、ゼメルティアの門や魔聖眼の力は使うことが出来る。三日前のあの日、この俺も炎の魔聖眼を使った。だが、ジュリアス・ファルーディア、あの小僧の力の前では……あの男は本物の天才だ)

敗北を思い出して屈辱に歪む男の顔を見ながら、満足げに笑う公爵。そして舞台に目を移すと低い声で言った。

「殺せジュリアス。そのようなゴミクズに容赦はいらぬわ」

フレアは背筋を凍り付かせた。貴賓席から会場を見下ろしている男の視線、そして目の前で戦う士官学校最強の男から感じる凄まじい力に。

「何なのあれは……」

フレアは、ジュリアスの聖印に再び生じた変化に思わず息をのんだ。

「ふふ、遊びは終わりだ」

そう言うと、自らの剣を鞘におさめるジュリアス。青白く輝く額の聖印、そこに紅の炎が混ざっていく。

氷と炎。まるでそれを表すかのように青く、そして赤く、二色が混ざり合って輝く魔聖眼。

鞘におさめた剣の代わりに、ジュリアスの右手には凍て付く魔力で生じた氷の剣が、そして左手には炎を纏った火炎の剣がその姿を現す。

それと対をなすように青い色をした右の瞳。そして、赤い色に変わっていく左目。

青と赤のオッドアイ。その姿を見てオーウェンは呻く。

「恐ろしい男だ、ジュリアス・ファルーディア。氷と炎の魔聖眼を操る男。恐るべき魔力で作り出されたあの二刀には、決して敵いはせぬ」

青と赤が混ざり合って輝く聖印。氷と炎の魔聖眼。そこから放たれる強烈な魔力は、見る者に畏怖を感じさせる。

オーウェンはジュリアスを眺めながら唸る。

(俺と戦った時よりも強い力だ。あの時はまだ本当の力を見せてはいなかったということか？　恐るべき男よ)

国王ウィリアムは立ち上がって声を上げる。

「良いぞジュリアス！　その男を倒すのだ!!」

もはや勝負は決したとばかりに、安心しきった様子だ。

(ふふ、杞憂であったな。ジュリアスが、あのような下賤な男に敗れるなどあり得ぬ。これでエミリアもよく分かるだろう、大人しくジュリアスのもとに嫁ぐのが幸せだということがな)

公爵は眼下の光景に満足げに笑う。

「殺すのだジュリアス。目障りなクズの血と肉、その一片もこの地に残さぬようにな」

戦いの舞台ではジュリアスが、静かにジークを見据えている。

「ふふ、このままこの剣でお前を斬り刻むことは容易い」

ジュリアスの体に満ちている圧倒的な魔力。それを考えれば可能だろう。

先程のように剣を交えても、もはやジークに勝機は無い。観客の誰もがそう確信する状況だ。

「だが、それでは父上は満足すまい。十年前に捨てたゴミクズが、完全にこの世から消え去る姿をお望みだろう」

ジュリアスの右手の剣が、ジークとその周りを凍て付かせる。凄まじい冷気だ。

「体が凍て付き、もはや自由に動くことも出来まい。後悔することだ。所詮第五等魔法格のクズが、この俺に挑んだことをな」

ジュリアスの左手の剣が、天に向かって掲げられる。

オーウェンは天空を見て叫んだ。

「ば、馬鹿な……ゼメルティアの門を一瞬で開いただと！」

観客たちは見た。闘技場を中心に、巨大な魔法陣が天空に現れる様を。

そして、そこから現れた真紅の竜を。

その咆哮が辺りを揺るがす。

同時にジュリアスの剣が振り下ろされた。

「ふふ、ふはは、地獄に送ってやる！　この炎竜《えんりゅう》ゲルドニオスの炎でな!!」

その瞬間——

天空から炎の竜がその顎門《あぎと》を開き、地上に突き進むと、一瞬でジークの姿を呑み込む。

エミリアが叫ぶ。

「いやぁあああ!!」

「ジーク！　駄目ぇええ!!」

眼前の光景を見て、フレアはその炎の中に飛び込もうと前に進んだ。

その手を誰かが掴む。

「待ちな、今あんたが行っても、あの業火に焼かれるだけさ。坊やはそれを望まないだろう？」

そこに立っているのは、美しいエルフの女騎士。

フレアはディアナに叫ぶ。

「放して！　放しなさいよ!!」

「よく見な、天空に開かれた門は一つじゃない」

ディアナのその言葉に、空を見上げるフレア。

そこには、ジュリアスが開いた紅蓮の扉に重なるように、青い扉が開かれている。

「何なのあれは！　あれもジュリアスが？」

「違うね。あれを開いたのは坊やさ」

フレアは衝撃を受ける。だとしたら一体いつ開いたのだと。

ディアナは静かに戦いの舞台を眺めている。

「私は坊やの瞳の奥に感じたのさ、赤よりも激しく燃え盛る青い炎を」

ジークと対峙した時に瞳の奥に見たものを、彼女は思い出す。

「氷のように青く燃え上がる炎。あの坊やの瞳には、氷と炎が宿っている」

フレアの眼前で、ジークを焼き尽くしたはずの紅蓮の業火が、青い炎に呑み込まれていく。

そして、舞台の中央には男が静かに佇んでいた。

彼の仮面から漏れる光は、更に強くなっている。そして、ジュリアスと同様に、光の色には赤が混ざっていた。

ジークを守るかのように燃え盛る青い炎が、次第に青い竜の姿に変わっていく。

それを見て、ジュリアスの瞳が怒りに染まった。

「馬鹿な！　貴様は俺が今、地獄に送ったはずだ！」

ジークの仮面の奥の青い瞳が、静かにジュリアスを見据えている。

そして言った。

「ジュリアス、俺を地獄に送るには、お前の炎では寒すぎる。今のがお前の全てだとしたら、もうお前に勝機は無い」

青白く燃える炎は、完全に青い竜の姿を成すと咆哮を上げる。

オーウェンはそれを呆然と眺めていた。

（あり得ない。あの一撃を喰らって、生きていること自体が信じられぬ！　ジーク・ロゼファルス、一体奴は何者なのだ。あれほどの男が、突然現れることなどあり得るのか？）

オーウェンは視界の隅に、ジークの無事を知り涙を流す王女の姿を捉える。

その時、まるでパズルのピースが嵌まったかのように、一つの答えが脳裏に浮かぶ。

(殿下のこの姿。そして、あのトレルファス家の使用人。まさか……まさか、あの男は)

あり得ないと、オーウェンはその考えを打ち消そうとする。

その男は魔力すら無い。まるでゴミクズのように捨てられた人物なのだから。

だが、男の額の聖印は、ジュリアスと同じように青く光っている。

同じ血を持つ者の証かのように。

「もし、そうだとしたら、何という運命の皮肉なのだ」

そんな中、ジークの勝利を祈っている娘を見て、国王ウィリアムが叫ぶ。

「何を祈っておるのだ！　やめよエミリア!!」

胸の前で固く合わされたエミリアの手を、怒りに任せて強引に振りほどくウィリアム。

しかしその手を、再び祈りの為に固く合わせるエミリア。その手には蝶のブローチが握られている。

「嫌ですお父様。私はお父様の人形ではありません」

「エ、エミリア……」

決意のこもった娘の瞳に、思わず気圧される国王。

(おのれ、可愛いエミリアが余をこのような目で。全てあの男が悪いのだ。こんなことがあってはならぬ！　あのような男が、余の尊い血を受け継ぐエミリアの夫になることなど許さぬ！　殺せ、殺すのだジュリアス!!)

彼は怒りの形相になって戦いの舞台を見る。

「ええい、何をしておるジュリアス!!」

金切り声を上げる姿は、国王として相応しいとは到底思えない。

一方、公爵の体からは怒りのオーラが立ち上る。

「何をしておるジュリアス。こうなれば構わぬ、あの力を使え」

地の底から響くように低く、ゾッとするようなその声音。

オーウェンは背筋を凍らせた。

(あの力だと？　一体何のことだ)

戦いの舞台では、ジュリアスの目がジークを射抜いていた。

「……勝機は無いだと？　この俺を誰だと思っている」

赤と青の左右の瞳の中に、魔法陣が描かれていく。それが限界を超えた力をジュリアスに与えていく。

「ふふふ。まさかお前ごときにこの力を使うことになるとはな。貴様は楽には死ねんぞ。この俺を本気で怒らせたことを、地獄で後悔するのだな」

闘技場全体が震えるような強大な魔力が、ジュリアスを中心に渦を成して湧き上がる。

観客たちは思わず叫んだ。

「な、何だこの力は……」

「ああ、寒気がする」

「先程までの力とは違うぞ」

その時、一人の観客が声を上げた。

「お、おい！　あれを見ろ、ジュリアス様の聖印の色が変わっていく!!」

観衆たちは見た。ジュリアスの聖印――魔聖眼が黒く変わっていくのを。

それは漆黒の炎。

黒い炎はゆっくりと、ジュリアスの赤と青の魔聖眼を呑み込んでいく。

その力を吸い、更に激しく燃え上がるかのように。

両手に持っている剣も、漆黒に染まっていく。その両目さえも。

フレアはジュリアスの魔聖眼を見て息をのむ。

(どういうことなの？　あの黒い眼帯の男、ジェルドと同じ色だわ。ジュリアスの魂の根源にあるのは氷と炎、魔聖眼も青と赤のはず。どうして黒になんて)

ジェルドと同じ黒い聖印。だが、そこから放たれる力はジェルドのものと比べると桁違《けたちが》いだ。

ジークを眺めながら勝ち誇ったように笑うジュリアス。

「どうだ、これが父上がこの俺にくださった力だ。ふふ、ふはは、感じるぞ、凄まじい魔力の胎動を!!」

ジュリアスは漆黒の剣を掲げる。

そこに込められた凄まじい魔力が、天空に漆黒の魔法陣を描く。

オーウェンは空を見て絶句した。

「ゼメルティアの門……だが、何という大きさだ」

先程の二倍はあろうかというそのサイズ。

紅蓮の魔導騎士はジュリアスを眺める。

(それに、あの黒い魔聖眼は何だ？　己の本質はそう容易くは変えられぬ、一体奴は何をしたのだ⁉)

巨大なゼメルティアの門。その漆黒の扉から現れたものは、黒い竜だ。

まるで、地獄の業火のように燃え盛る漆黒の竜。

「見るがいい！　この俺の本当の力をな‼」

ジュリアスがそう叫んだ瞬間――

突き上げられたジュリアスの漆黒の剣に、強大な黒竜が落雷するがごとく激突した。

凄まじい衝撃音と地響きが闘技場を揺らす。

観客から悲鳴が上がる。

「ひぃいいいいい‼」

あまりの状況に、国王ウィリアムも情けない声を上げて尻もちをついた。

エミリアは一心に祈っている。

(ルオ様……)

この地に強烈な魔力を持つ存在が降臨したのを感じながら。

静まり返る闘技場の中央には、一人の男が立っている。

黒い聖印、そして黒い翼。

まるで漆黒の堕天使のようなその姿。

そこにいるのはジュリアスであって、もはやジュリアスでない。

それは人のように笑みを浮かべた。

「さあ、始めようか。本当の戦いをな」

ゆっくりと広がる黒い翼には、想像を絶するような魔力が宿っていく。

ジュリアスの額の魔聖眼が闇の光を放つ。

黒い炎を帯びた両手の剣も相まって、地獄からの使者とでも言うべき装いだ。

オーウェンの背中を冷たい汗が流れ落ちる。

(あの姿、あの力。ディアナと同等……いや、それ以上だ。闇の大天使、これがジュリアスの本当の姿か)

対照的に、ファルーディア公爵は笑みを深める。

(殺せ、ジュリアス。ゴミクズをこの世から消し去るのだ！)

隣では国王ウィリアムが、拳を握りしめてヒステリックに叫んでいた。

「良いぞジュリアス！　その男を殺せ、殺すのだ!!」

戦いの舞台では、ジュリアスの背中の黒い翼が更に大きく広がっていく。

まるで、自身の膨大な魔力を誇示するかのように。

フレアは呆然とそれを見つめる。

「ジーク……」

祈るようなその呟き。

人ならざる者と対峙するジーク。闇の大天使は、目の前に立つ仮面の男に言った。

「どうやらお前を地獄に送るには、地獄の火炎が相応しいようだな。ふふ、これで終わりだ、ジーク・ロゼファルス」

ジュリアスの両手の剣に宿る黒い炎が、その激しさを増していく。

ジークは静かに答えた。

「いいだろう。やってみろ、借り物の力でこの俺を倒せるのならな」

その言葉に、闇の大天使の瞳に強烈な殺気が宿っていく。

黒い翼が大きく羽ばたく。

その刹那――

オーウェンは微かに見た、凄まじい速さでジークに襲い掛かるジュリアスの姿を。闇の断罪者の瞳が勝ち誇る。

「愚か者が！　死ねぇぇえいいい!!」

ジークを斬り裂かんとする漆黒の二刀。すれ違う二つの影。

誰もがジークの敗北を予感した中――その男は倒れること無く立っていた。闇の大天使の背後に。

それだけではない。

オーウェンの目が驚愕に染まっていく。

天空に広がる白銀の魔法陣。それは、ジュリアスが描いたものさえも凌駕する大きさだ。

どれほどの魔力があれば、こんなものを描き出せるのか。

再び舞台に目を下ろせば、仮面の死神の背中には、翼が生えている。

氷の翼、そして炎の翼。

先程の青い炎の竜は姿を消している。まるで、仮面の男と融合したかのように。

そして新たに天空に現れた白銀の魔法陣。そこから何かが現れたことを示すように、扉が開かれている。

オーウェンは戦いの舞台に立つジークを慄然と眺めた。

(ジーク・ロゼファルス。この男、一体何をしたのだ？)

ジークの手には白銀の剣と、青く燃え上がる炎を宿した剣が握られている。

ジュリアスが手にする黒い炎に包まれた漆黒の剣が、一つは凍り付き、そしてもう一つは青い炎に包まれて焼け落ちていく。

ゆっくりとその場に崩れ落ちる闇の大天使。それは、この勝負の勝者が誰なのかを示していた。

「馬鹿な……こんなことはあり得ぬ。俺は偉大なる我が父に、最強の力を頂いたのだ」

ジュリアスの言葉に、氷と炎の翼を持つ死神は静かに返した。

「最強の力だと？　ジュリアス、お前は強くなったのではない、弱くなったのだ。己の魂を誰かに委ねると決めたその時からな」

10、指輪の光

「俺が弱くなっただと！　黙れ……戯言《ざれごと》を!!」

戦いの舞台に倒れ伏し、怒りの眼差しを向けるジュリアス。

それを見下ろすジーク。ジュリアスが叫ぶ。

「殺せ！　貴様からの情けなど無用だ!!」

ジークが反応を示さないのを見ると、彼は凍り付いた漆黒の剣を自らの胸に突きつける。

「貴様の情けを受けてまで惨めに生きようとは思わん。貴様がやらぬのならば、自らの手で始末をつけてくれる！」

ジュリアスの覚悟は既に決まっていた。

(どうせ、この男に敗れた俺など、父上は許しはせぬ)

その漆黒の刃が、ジュリアスの胸を貫こうとした時。何かが、ジュリアスの目の前にゆっくりと落ちてくる。

淡い、だが強い光を帯びたそれは、温かい光を放っていた。

「この光は……」

淡い光に包まれているのは小さな指輪だ。

それに手を伸ばすジュリアス。彼には指輪の主が誰だかすぐに分かった。

「何故だ……何故俺に情けをかける。貴方をあの場所に閉じ込めたのは俺ではないか。俺が、あの絵のことを父上に話さなければ」

脳裏に浮かぶ、粗末な部屋で暮らす、優しげな顔をした美しい女性。

オリヴィアの指輪からは魔力を感じる。その指輪にジュリアスは指先で触れた。

(俺は自分を産んだ女の顔も知らん。公爵家の嫡男に何かがあった時に替えとなる。ただ、その為だけに、小さく暗い部屋の中で育てられてきた。この男が捨てられなければ、生涯あの部屋で暮らし、いずれは命を絶たれる運命だっただろう)

ジュリアスは思い出した。

ある日、暗い部屋から連れ出され、やってきた大きな屋敷。

そこがどこかも分からない。一体何故こんなところに連れてこられたのかも。

僅か七歳の少年は怯えたように周囲を見渡した。

小さな彼に跪く使用人たち。そして、その日から、とても威厳のある男が父となった。

ジュリアスは男が怖かったが、隣にいる優しい女性が微笑んでくれると、嬉しくなって微笑み返したのを覚えている。

どこか悲しげな微笑みを浮かべる女性は、その日からジュリアスの母となった。

自分にも母親が出来たのだと嬉しくて、いつも彼女の傍を離れなかった。

優しい微笑みを見ていたくて。

暗い部屋しか知らなかった少年にとって、彼女の笑顔は何よりも大切な光だった。

ある日、少年は母親の部屋で一枚の絵を見つけた。

普段はどこかに仕舞われていたのだろう、見たことが無い絵だ。

そこには父親と一緒に、母が小さな赤子を抱いて描かれている。その赤ん坊を見つめる母のその笑顔はとても幸せそうで、ジュリアスの心に小さな嫉妬《しっと》の炎を湧き上がらせた。

少し席を外していた侍女が、オリヴィアの部屋に勝手に入り込んだジュリアスを見て、慌てて絵を仕舞う。

一緒に入ってきたオリヴィアにジュリアスは尋ねた。

「お母様、今の絵は？　あの赤ん坊は誰なの？」

それを聞いたオリヴィアは静かにジュリアスの髪を撫でた。

そして、答えた。

「貴方の弟です、ジュリアス。ルオという名なの」

「ルオ……僕の弟」

ジュリアスはその時に初めて気が付いた。母が何故いつも悲しげな顔をしているのか。

その原因がルオというあの赤ん坊であることも。彼は侍女を問い詰め、ルオという弟の話を聞いた。

怒りに小さな拳を握りしめる。

「お母様を苦しめている悪い奴め。そいつが、生まれてこなければ良かったんだ。魔力も無いくせに、お母様をあんなに悲しませて！」

少年は父親にその絵のことを告げた。

大好きな母が弟のことなど忘れて、自分だけを愛してくれることを望んで。

だが、父は母の頬を強く打ち罵《ののし》った後、屋敷の奥に閉じ込めるようになった。

まだあんなゴミクズのことを考えているのかと言って。

同じ屋敷に住んではいるが、ジュリアスさえ会うことが出来ない。

父は、もう母はいないと思えと言った。お前に害悪を与える存在だと。

少年の心はまた闇に閉ざされていった。そして、父親に言われるがままに強さを求めた。

最強と呼ばれる父親への恐怖心、そして何よりも、強くなり父親を満足させればまた母に会えるのでは、という期待がそうさせたのだ。

少年はただひたすら強さを探求した。

そして、次第に母のことを忘れていった。

父が求める強さにあの光は必要がなかったからだ。

ジュリアスはオリヴィアの指輪を、そっと自分の手のひらに乗せる。

そして笑った。

「長い間忘れていた。俺はただ、この光が欲しかっただけだというのに」

そんなジュリアスの姿を見た、貴賓席のファルーディア公爵の怒声が闘技場に響いた。

「愚か者が、何をしておるジュリアス！　この役立たずが!!」

指輪の光が、漆黒に染まったジュリアスを元の状態に戻していく。その心にある闇を浄化していくように。

ジュリアスは自らを嘲笑うように言った。

「ふふ、どうやら俺はもう父上にとっては必要の無い存在らしい。ルオ、俺はお前になりたかった。誰よりも母上に愛されている、あの絵の中のお前にな」

全ての力を使い果たして、その場に倒れ伏すジュリアス。

ジークはそれを眺めながら呟いた。

「ジュリアス、お前は愚かだ。人は結局、自分自身であることから逃れることは出来ない」

それは目の前に倒れている男に言ったのか。それとも、仮面を被り名を偽る自分自身に向けて放った言葉なのか。

ジークはゆっくりと自らの仮面を外す。

銀色の髪が、本来のブロンドに戻っていく。

その姿を見て観客たちは騒めいた。

「お、おい！　どうなってるんだ？」

「髪の色が変わっていく……それに、噂じゃあ酷い火傷を隠す為の仮面だと聞いたが」

「ええ、火傷なんてどこにも無いわ」

そこにいるのはブロンドの美しい貴公子だ。

「じゃあ、あいつはジーク・ロゼファルスじゃないのか？」

では、一体誰なのか。観客たちは皆そう思った。

そこに、仮面を取った男の声が静かに響く。

その青い目は貴賓席にいる公爵を射抜いている。

「俺の名はルオ。降りてこい、俺を殺したければお前のその手でやることだ」

11、漆黒の神

静寂の中に響くその声。

ジーク・ロゼファルス。皆が仮面の男と呼んでいた最強の新入生。いや、ジュリアスを倒した今、士官学校最強の男と言えるだろう。

あの三英雄すら破ったジュリアス。そのジュリアスさえも下した男。

皆、呆然とその男を眺めた。

彼の目に射抜かれた、貴賓席にいる公爵の目が怒りに満ちていく。

その口から低い声が漏れた。

「おのれ……この我に降りてこいだと？　誰に向かって口をきいている。ゴミクズの分際で」

オーウェンは思わず戦いの舞台を見下ろす。

そして、そこにいる男を見つめた。

（やはり、あの男はルオ・ファルーディアなのか！　あの時ゴミクズのように捨てられた男が、十年経った今、亡霊のように蘇ったとでもいうのか）

国王ウィリアムは金切り声を上げる。甲高《かんだか》いその声が辺りに響き渡った。

「ルオだと？　まさか、あのルオ・ファルーディアか⁉　一体どうなっておる、あの者は第五等魔法格、魔力も無いクズのはずではないか！」

その声が引き金となって、闘技場の中にさざ波のように声が広がっていく。

「まさかあの魔力の無い忌み子のことか？」

「第五等魔法格の烙印を押され、公爵家を追われたという」

「そんな馬鹿な、第五等魔法格の人間がジュリアス様を倒したとでもいうのか？　そもそも預けられた家で死んだと聞いたぞ」

「ああ……」

誰もが公爵を恐れ、口に出すのを憚《はばか》られていた存在。

あり得ない光景だ。いや、あってはならない光景。

第五等魔法格の男が、三英雄さえ凌ぐ男を倒したなどという事実。

それが本当なら、この国の価値観を根底から覆すことになる。

ディアナは、戦いの舞台に立つブロンドの貴公子の横顔を眺めながら思った。

（ルオ・ファルーディア。恐ろしい坊やだね。強さだけじゃない、もしもこれが全て計算ずくだとしたら、これ以上の舞台は無い。これだけ多くの観衆の前で、この国最強の男に挑む。そして、も

しも倒したとしたら……この国は）

王国の守護天使の隣で拳を握りしめる可憐な少女。フレアは静かに呟いた。

「変えるのよ、ルオが変えるの。自分の運命を、そしてこの国の運命さえも」

ディアナはその真っすぐな瞳を見つめた。

そして、笑みを浮かべる。

「惚れてるんだね。あの坊やに」

「う、うるさいわね！　関係無いわそんなこと！」

フレアはルオの横顔を見つめる。そして、決意を固めた。

この戦いに敗れた時は、ルオは生きてはいないだろう。そして、自分も。

たとえそうだとしても、その時は最後まで彼と共に進むのだと。

ルオの為に祈るあの少女のように。

（負けたくない。たとえ王女が相手だろうと。私は負けない！）

この先がもしあるとしたら、更に腕を磨きルオと共にこの国を変える。

騎士爵家に生まれたことなど気にもせず、堂々と胸を張って彼の隣に立って。

赤い薔薇のように可憐な少女は、いつしかそんな夢を抱くようになっていた。

フレアは叫んだ。

「勝ちなさいよ、ルオ！」

「ああ、フレア。俺はその為だけにこの十年を過ごしてきた。負けるつもりは無い」

ルオは淡々と答え、ディアナは公爵を眺める。

（いずれにしても、もう戦いは避けられない。ジュリアスを倒し、これほどの観客の前で挑まれた以上、あの男に引くという選択肢は無い。でも坊や、あの男は普通じゃないよ。英雄帝を名乗ろうという男の強さは伊達じゃない）

その瞬間——

誰もが天空を見上げた。そこから恐ろしい力を感じたからだ。

観客たちは絶句する。

「な⁉」

「何だあれは……」

「でかい！　桁違いだ」

そこに現れた漆黒の魔法陣。それは先程ジュリアスが描いたそれよりも遥かに大きなものだ。

いや、ルオが開いたものさえも凌ぐそのサイズ。

そこから現れた何かが、貴賓席をゆっくりと降りてくる男に直撃する。

漆黒の魔聖眼、そして巨大な六枚の黒い翼。もしもジュリアスが闇の大天使だとしたら、彼はそれ以上の存在だ。

似て非なるもの、降臨した闇の神。そう思えるほどの力を溢れさせる。

もはや人の次元を超えたその存在は、戦いの舞台にいるルオを見下ろすと、傲慢な笑みを浮かべた。

「愚かなクズだ。わざわざ死ぬために、この我の前に戻ってくるとはな」

漆黒の神の傍にいる観客たちは、怯えたように道を開ける。

まるで、大海の水が左右に分かれるがごとく、その前には道が出来ていく。

彼こそ紛れもなくこの国最強の男。

そして、その視線の先にいるのは、第五等魔法格の烙印を押され打ち捨てられたはずの男だ。

漆黒の翼が大きく広がり、公爵の姿が宙に舞う。

そして天空より戦いの舞台を見下ろした。

オーウェンは両者を眺める。

「どうなるのだ、この戦いは……」

三英雄の一人である紅蓮の魔導騎士さえも、想像がつかぬ次元の戦い。

だが、一つだけ分かっていることがあった。

「この戦いに勝った者が、この国最強の男になる。それだけは間違いが無い」

最強と最弱。本来ならばそうあるべき両者。

だが、最弱であるはずの男は今、最強の男の前に立っている。最強の男を狩る者として。

観客たちは呻く。

「お、おい。もし、あの男が勝ったらこの国はどうなるんだ？」

「ああ……」

多くの観客が、同じ疑問を胸に抱いた。

この国最強と呼ばれる男に、魔力さえ持たぬはずの第五等魔法格の男が勝ったとしたら、この国はどうなるのかと。

ギリアムに罵倒され、惨めに蹴り飛ばされた学生ロラン。そして彼の仲間たちは呟いた。

「彼が第五等魔法格？」

「無能の烙印を押された者」

ロランは思う。

（一体彼はこの十年間、何をしてきたんだ？　彼のあの瞳……）

それは無能者と蔑まれ、打ち捨てられ卑屈になった者の目ではなかった。

何かを信じ、成し遂げた者の瞳。ロランにはそう思えた。

どれだけ努力をしても認められない。どうせ何も覆すことなど出来ない。

ならば努力をするのは愚かだ。

目をつけられ蹴り飛ばされるより、目立たぬようにただ生きていく方が幸せなのだから。

そう思いかけていたロランの心に炎が灯る。

「僕は何を諦めてるんだ。彼は堂々と胸を張ってこの場所に立ってるじゃないか！」

あれほどの力を自分が持てるとは思えない。でも、あんな風に胸を張って生きたい。

魔法格など気にすること無く、自分の出来ることを、自信を持ってしっかりと成し遂げて。

ロランは思わず叫んでいた。

「うぉおおお！　ルオ！　ルオ・ファルーディアぁあああ!!」

彼の仲間たちも、いつしかロランの後を追ってルオの名を叫び始める。

闘技場の一角から湧き上がったその声は、観客たちの心の何かに火をつけ、あっという間に広がっていく。

若く、新しい指導者の誕生を願うかのように、熱を帯びたその声。

それは、まるで新たな時代の英雄を望むかのような熱狂。

かつて、この国をまとめ上げた若き初代国王、英雄帝と呼ばれた偉大な男がそうだったように。

それを聞いて国王ウィリアムはヒステリックに声を上げた。

「この馬鹿者どもが！　やめよ！　今すぐあの者の名を呼ぶのをやめよ!!」

だが、その声がやむことは無い。

ウィリアムの怒りは、傍でルオの勝利を祈るエミリアにも向けられる。

「エミリア！　そなたは知っておったのか、あの男が生きていることを！　知っておったのだな!?

この父を裏切りおって!!」

「裏切ってなどいません。お父様、私はこの国を変えたいだけです。この国は間違っています！」

胸のブローチを握りしめて、ハッキリとそう口にするエミリア。

ウィリアムは、怒りに我を失った様子でその手を振り上げた。

「あの男に騙されおって！　お前はどこまで愚かなのだ、エミリア!!」

振り下ろされた国王の手を、グレイブが掴む。

「おのれ！　何をするグレイブ、護衛騎士ごときが、余を誰だと思っているのだ!!」

国王の腕を強く握るグレイブ。そして、彼は静かに答えた。

「陛下。恐れながら、殿下は間違ってはおられませぬ。このままいけば、この国は腐りきってしまう」

ルオとレオニードの戦いの後の、高位貴族たちの姿を思い出すグレイブ。

そんな彼にエミリアは願い出た。

「グレイブ、私を連れていってください。ルオ様が戦っている場所、せめてその近くに」

エミリアの言葉にグレイブは頷いた。

「参りましょう、姫」

王女は貴賓席から立ち上がる。彼女を守る護衛騎士たちは一様に戸惑った顔をしたが、王女の心を思い、決意を固める。

「我らも参ります」

「殿下の御意のままに」

王女と共に貴賓席を離れる騎士たち。国王ウィリアムは怒りに声を荒らげてその後を追う。

「待たぬか！　この愚か者め!!」

その足がもつれ、エミリアが下っていく階段を惨めに転げ落ちる。だが、もはや誰もそんなウィリアムの姿を気にも留めない。

それは、民の支持を失い、王座から転げ落ちる王の姿だ。

熱狂に包まれていく会場の中で、ウィリアムは天空に浮かぶ黒い影に向かって叫ぶ。

「殺せ、ファルーディア！　あの男を今すぐ殺すのだ!!」

惨めだがよく響くその甲高い声。次の瞬間、その王冠が、何かに串刺しにされてウィリアムの頭から弾け飛ぶ。

それは、漆黒の翼から放たれた一枚の黒い羽根。

その羽根はこの国の王である証を黒い炎で焼き尽くしていく。

「ひっ！　ひぃぃいい!!」

再び尻もちをつく国王。天空にいる男は、その高慢な眼差しで地上を見下ろすと言う。

「我に命じるな。貴様になど、もはや何の価値も無い。もう良い、こうなった以上、面倒な真似は終わりだ。我が力で全てを支配してくれよう。この国の偉大なる支配者、新たな英雄帝としてな」

恐ろしいほどの魔力と闘気が男に満ちていく。

その手に現れた漆黒の槍。いくつもの刻印が記されたその禍々《まがまが》しい姿。

それを見たディアナは、ルオに向かって叫んだ。

「あの槍はまさか！　坊や、気を付けな！　来るよ!!」

男は天空で六枚の翼を広げていく。

槍に刻まれた刻印は、いにしえの魔導言語だ。エルフ族のディアナでさえ、その全てを読み解くことは出来ない。

(間違いない。あれは闇の神具《しんぐ》デュランスベイン！　どうしてあれを公爵が持っているんだい？)

その槍と、それを持つ男から放たれる魔力に、思わず王国の守護天使は身構えた。

まるでその闇の気配に呼び覚まされたかのように、ジュリアスが呻く。

そして、ルオに言った。

「に、逃げろ。ルオ……お前は知らぬのだ。父上の本当の姿を……父上は、俺などとは次元が違う」

フレアはそれを聞いて背筋を凍らせた。

ジュリアスの言葉は事実だと感じたからだ。

天空でこちらを見下ろす男と、その槍から感じる力は尋常ではない。

（あの槍、それに本当の姿ってどういうこと？）

ルオは静かにフレアに告げる。

「下がってろフレア。ジュリアスを連れてな」

「……分かったわ、ルオ」

フレアは有無を言わさぬルオの雰囲気に、ジュリアスに肩を貸すと戦いの舞台から離れる。

ジュリアスはオリヴィアの指輪を握りしめていた。

「母上、あいつを……ルオを守ってくれ」

「ジュリアス、あんた……」

ジュリアスの言葉に嘘は感じられなかった。

まるで憑《つ》き物《もの》が落ちたようなその表情は、やはり弟のルオにどこか似ている。

「俺が馬鹿だったのだ。あの時、俺があんな真似をしなければ母上は。あの槍を持った父上と戦えば、ルオは確実に死ぬ。俺はもう母上の悲しむ顔を見たくはない」

それを聞いて、フレアは天空にいる男を見上げた。そして、衝撃を受ける。

欠けていくのだ。

太陽がゆっくりと欠けていく。まるで闇が光を呑み込んでいくように。

ディアナはその美しい唇を噛んだ。

「ゼギウス・ファルーディア、まさかこれほどとは。デュランスベイン、あの魔槍《まそう》に眠る闇の神が降臨する」

日食を再現するように欠けていく太陽。そんな中で、逆に輝きを増していく天空の男の聖印。

フレアは思わず息をのんだ。

「何なの……あの瞳は」

ジュリアスが呻きながら答える。

「真実の瞳。神の眼だ」

天空からこちらを見下ろしている男の額にある聖印。それは、もはやただの紋章ではない。

何かの瞳のように、しっかりと見開かれて地上を睥睨《へいげい》している。

その口からは高慢そのものの声が響いた。

「地に這《は》う下民どもよ、我を敬え。そして、我に逆らう愚か者には死を」

それは公爵なのか、それとも違う何かなのか。

ディアナは見た。ジュリアスが真実の瞳と呼んだそれが、凄まじい輝きを見せたその瞬間——漆黒の六枚の翼が大きく開き、無数の黒い羽根を放ったのを。

その一つ一つが恐ろしいほどの魔力を帯びた槍のように、ルオに襲い掛かる。

人には決して逃れることが出来ない、神による断罪。全ての黒い羽根がルオに突き刺さり、その姿を覆い尽くす。

「坊や!!」

「いやぁあああ!!」

闘技場に響くディアナとフレアの声。あれほど熱狂に包まれていた観客席も静まり返っている。

まさに次元の違う強さ。

この男に勝てる者などいるはずが無いと、誰もが本能的に感じるほどの存在。

だが、天空にいる男の目は静かに、黒い羽根に包まれた男を眺めている。

まるでまだ戦いは終わっていないかのように。

「愚か者め、神であるこの我に抗うとは罪深き者よ。だが、貴様に待っているのは死だけだ」

冷酷な怒りに満ちていくその瞳。その視線の先にある男を包む黒い羽根が、ゆっくりと地面に落ちていく。

それは全て、鋭利な何かで切断されていた。

「ルオ!!」

フレアは叫ぶ。ディアナは思わず目を見開いた。

(何て坊やだい！　今のを喰らって生きているなんて。それに、坊やを包むあれは)

ルオの周りには無数の紙が舞っている。

ディアナは、それが鋭利な刃物のごとく、黒い羽根をことごとく切り裂いたのだと悟った。

それは宙を舞い、集まると次第に一冊の本に変わっていく。とある男が書き残した本に。

ルオは静かに口を開いた。

「かつて俺のように苦悩し、それでも決して諦めずに前に進んだ男がいた。劣等魔力の大賢者、俺が知る最高の魔導士だ」

その言葉には深い敬意が込められていた。ルオは目の前に浮かぶ本を手に取る。

そして、天空を見上げると言った。

「ゼギウス・ファルーディア、お前に教えてやろう。俺とバーレンが編み出した魔導。神言語術式、その神髄をな」

美しいエルフの女騎士は、ルオと本を見つめている。

「あれが、坊やが言っていた、私が知らない魔導ってやつかい」

ディアナは、天空から地上を睥睨する存在を再び見上げる。

「闇の神具デュランスベイン。それを手にしたゼギウスはまさに闇の神だ。その攻撃を生身の人間が切り裂くなんてね」

「デュランスベイン？　それって、まさかあの……」

ジュリアスに肩を貸し傍に立っているフレアが、ディアナに尋ねる。

「ああ、そうさ。かつてこの地を蹂躙《じゅうりん》したという魔神デュランスベイン。その魂を封じたと言われている槍だ。ただの伝承だと思ってたけどね。あの刻印が全て読めるわけじゃないが、恐らくは間違いない。この異様な魔力は人のものとは思えないからね」

「魔神デュランスベイン……」

ゼギウスの額に開く真実の瞳と呼ばれるそれは、確かに人を超えた何かの目だ。

「今から遥か二千年前。多くの英雄たちを率い、そいつを倒した者がいた。それが、英雄帝と呼ばれた男。この国の伝承さ」

ディアナのその言葉にフレアは呟く。

「初代国王、英雄帝レヴィン」

この国の人間ならば誰でも知っている神話だ。

事実かどうかは分からない、ただ伝承としてそう伝わっている。獅子のように雄々しく、誰よりも熱く燃える魂を持っていたという伝説の英雄。王の中の王と呼ばれた英雄帝。

ジュリアスは呻く。

「神話は真実だ。あの槍はかつてレヴィンが使っていた槍。魔神を貫き、その魂を封じた。そして、二度とその闇が地上に復活せぬように、それ自体を別の次元に封じたのだ。だが、父上はその封印を解いた」

ディアナは恐ろしいほどの闇の波動を感じながら言う。

「一体どうやったんだい？　いや、それは問題じゃない。魔神の力を求めるような男が英雄帝を名乗れば、この国は終わりさ」

そして、心中で続ける。

(皮肉なものだね。かつて英雄帝と呼ばれた男は、魔神を倒し、そう呼ばれることになった。だがゼギウスは、その男が封じた魔神の力を使って英雄帝になろうとしている)

天空から地上を見下ろす男の槍に、凄まじい魔力が凝縮されていくのが分かる。

太陽が完全に欠け、闇が訪れる。代わりに地上を照らすのは、闇の神の額から放たれる光だ。

その時――

ジュリアスが叫んだ。

「来るぞ！　ルオ!!」

ついに闇の神が構える槍が放たれる。

「神である我に抗う者よ。死をもってその罪を贖《あがな》え」

神を名乗る者の高慢な声。その手から放たれた漆黒の槍が、ルオに神の裁きを下す。

王女と共に戦いの舞台がよく見える場所へと降りてきたグレイブは、その光景に息をのんだ。

「ルオ様ぁああ!!」

エミリアの悲鳴が辺りに響いた。

だが――

観客たちを更なる衝撃が襲う。

戻っていく。完全に欠けたはずの太陽の姿が、徐々に戻っていくのだ。

天空に浮かぶのは半月のごとき太陽。

闇と光。それが拮抗《きっこう》しているかのように。

太陽が映し出したのは、漆黒の槍をその手で掴む男の姿。

周囲には先程のように無数の紙が舞っている。

そこに記された文字と数式。それは刻々と書き換えられていく。

まるで紙を操る者の存在自体を書き換えていくかのように。

魂を昇華させ、別次元の存在へと。

ディアナは目を見開いた。

「あり得ない、あの槍を素手で。あの坊やは、生身のままで神の領域に踏み込もうってのかい」

――これが坊やの魔導。神言語術式、その神髄か！

彼女はついにルオの目指すものを理解した。

闇と光に分かれた太陽。それは、この地に現れた二つの存在に、天が恐れを抱いたかのようだ。

戦いの舞台に立つ男は天空を見上げる。

そして、言った。

「お前が神を名乗りたいのであれば好きにしろ。ならば、俺は神を滅する者となる。ただそれだけだ」

漆黒の槍を握る男の額に、白く輝く瞳が浮かび上がっていく。

ジュリアスは思わず声を上げた。

「あれは、真実の瞳。馬鹿な……神具も無しに、人の身のままで神に抗うつもりか！」

天空から地上を睥睨するのは、神をその身に宿した男。そして、それを地上から見上げるのは、神の領域に足を踏み入れようとする男。

ぞわり。フレアは、いやディアナやジュリアスでさえも、自分が総毛立つのを感じた。

低い声が漆黒の神の口から響く。

「神を冒涜《ぼうとく》する者に死を」

天空にいたはずの男が、ルオの目の前にいる。

一体いつ動いたのか。素振りなどなかった。

羽根の一本さえ動かしたように見えなかったその男は、自らの槍を奪い返し、しっかりと握っている。

刹那――

ルオの頬に朱色の線が走る。

ディアナでさえ、それがゼギウスの槍が刻み込んだものだと分かったのは、それを見た後だ。

この国の守護天使ですら、視覚では捉えることが出来ないほどの速さ。

同時に、ルオの身体中にゼギウスの槍が刻み込んだ傷が浮かび上がっていく。

「ルオ!!」

「何て速さだい……」

声を上げるフレアとディアナ。

それはまさに神の槍撃。致命傷には至らないものの、ルオの身体に傷をつけた者など今までにいない。

エミリアは胸のブローチを握りしめる。

「ルオ様……」

グレイブは、ルオとゼギウスの姿を見て呻いた。

（やはりルオ様と言えど、この国最強の男には勝てぬのか）

そうなれば誰がこの国の支配者になるのか、それは明白だ。

もはや野心を隠そうとはしない闇の化身の治世が訪れる。

ここまでくれば、逆らう者は皆殺しにしてでもこの国を手にすることだろう。

ジュリアスは暗い声でこぼす。

「駄目だ、やはり父上には敵わぬ。人の身で、神に抗うことなど出来はしないのだ！」

ジュリアスは思い出した。暗く小さな部屋に閉じ込められた昔のことを。

そして、気が付いた。

まだ自分はその暗闇の中にいるのだと。

あの部屋を出た後も、自分を閉じ込めている存在がいる。ずっと父親の影に怯えて暮らしてきたのだ。

そこから、一歩も足を踏み出してはいない。その事実に。

「何故だ……」

ジュリアスは呟いた。

この場にいるのは、同じ血を引く弟。だが、その目は怯えてはいない。

真っすぐに目の前に立つ闇の神を見据えていた。

(神には勝てぬ、ルオ。父上には勝てぬのだ！)

心の底でそう叫んだジュリアスの目が、見開かれていく。

その瞳は見た。彼を未だに暗闇に閉じ込めている存在の頬に、傷が刻まれていくのを。

人々からも声が漏れる。

あり得ない光景だ。今までこんなことは一度もなかった。

この国最強の英雄の体に、傷をつける者が現れることなど。

漆黒の神を身に宿した男の低い声が響く。

「……貴様」

ルオの目は静かにゼギウスを射抜いている。

「言ったはずだぞ、俺は神を滅する者となると。俺には証明する義務がある。この国に無能の烙印を押された男が、その魂を懸けて書き残した本。そこに記された魔導が最強だということをな」

ゼギウスの目が怒りに染まっていく。

「おのれ……神となったこの我に傷を。貴様には死すら生ぬるい」

神を名乗る男、その頬を切り裂いたのは、ルオの操る無数の紙の一枚。

無論、それはただの紙ではない。恐るべき魔力が込められていなければ、ゼギウスに触れる前に滅しているだろう。

その紙に記された無数の術式が黄金に輝く。闇の神具に、一冊の本で戦いを挑む者など他にいるだろうか。

ディアナは美しい唇から思わず声を漏らした。

「坊やには勝機が見えているのかい？　あのゼギウスに傷を刻んだと言っても、たった一つだけだ」

エルフの聖騎士の言葉に、フレアは静かに首を横に振った。

「勝機？　そんなもの見えてなんかいないわ。だったら、あんな傷を負ったりなんかしない。あいつは馬鹿なの……私には分かる」

神の槍撃でルオの全身に刻まれた傷を見て、フレアはそう言った。

赤く鮮やかな髪が靡き、その瞳は彼を見つめている。

（いつも冷静に見えるけど。ルオ、あんたの魂は誰よりも熱い。一緒に踊った私だから分かる。魔力が結びついたあの時、そう感じたもの）

フレアは叫んだ。

「勝ちなさいよ、ルオ！　負けたら許さないわ。約束したじゃない、その手で全てを掴むんだって!!」

（好きなの貴方が！　だから、勝って！　ルオ!!）

フレアの額に燃え上がるような赤い聖印が浮かび上がる。

限界を超えて高まっていくフレアの魔力。真紅の魔力が彼女の体を離れ、ルオの体を包み込んでいく。

それは、赤い薔薇のように可憐な少女の祈り。

「おぉおおおお!!」

戦いの舞台の上でルオが咆哮する。再び交差し合う漆黒の槍と、舞い散る本のページ。

その紙の間をすり抜けて、ルオの体に傷を刻んでいく闇の神具。今はまだ、やはりゼギウスの方が力が上だ。

だが――

ディアナは見た。徐々にゼギウスの体にも傷が刻み込まれていく。

それは、人が神に迫っていく光景。この国の守護天使は呻いた。

「どっちが勝つんだい……」

彼女にも分からない。だが、その唇は叫んだ。

「勝ちな坊や！　勝つんだよ!!」

「ルオ!!」

怒りに血走っていくゼギウスのその瞳は、もはや人間のものとは言い難い。

「許さぬ！　この我によくも、許さぬぞ！　この下郎《げろう》が!!」

バキバキと音を立てて額に生えていく巨大な角、そして次第に膨れ上がっていくその肉体と邪悪な気配。

咆哮を上げる漆黒のそれは、もう完全に人ではない何かだ。

「滅びよ！　神に抗う者よ!!」

再び、強烈な突きがルオに襲い掛かる。

傍で見守るジュリアスは、母の指輪を握りしめた。自分が恐れた闇に立ち向かう弟の勝利を祈って。

闘技場に集う観衆も、いつしか声を上げていた。ルオの名を叫ぶ人々。

エミリアは声の限りに叫んだ。

「ルオ様!!」

そして、彼から貰ったブローチを握りしめてひたすら祈る。

(愛していますルオ様！　神よ、どうかルオ様に力を!!)

その時――

ゼギウスの体に無数の傷が刻み込まれる。フレアとエミリア、二人の少女の魂からの祈りが、一人の男に限りない力を与えたかのように。

神を超える者、その存在がついに具現する。地上の男の手には、白く輝く剣が握られている。

ディアナは呟いた。

「あの本を依《よ》り代《しろ》にして、己の魔力自体を凝縮し錬成したっていうのかい！　これは……」

そう、それはまるで新たなる神具。

純白の剣と漆黒の槍がぶつかり合う。

その瞬間、強烈な白い光が、闇の神具に亀裂を生じさせていく。

「何だと……こんな馬鹿な!!」

魔槍は切り裂かれ、砕け散っていく。それを静かに見つめるルオの眼差し。

「終わりだ、ゼギウス」

ルオのその言葉に、怒りに満ちたゼギウスの声が響く。

「おのれ！　あってはならぬ、こんなことがあってはならぬのだ！　神であるこの我が、貴様のようなゴミクズごときに!!」

その瞳は憎しみに染まっていた。

砕けた槍が次第に漆黒の炎に包まれて、それがゼギウス自身の身体も燃やしていく。

地の底から響くような低い声が、父だった男の口から放たれる。

「あの時、貴様を殺しておかなかったのが我の誤りだ。だが、覚えておれ。貴様は知らぬだろうが、神具は一つではない。それを操る者もな！」

ルオの瞳がゼギウスを射抜く。

「他の神具を操る者だと？」

「いずれ貴様は後悔するぞ、神の領域に足を踏み入れた己の愚かさをな！　そして思うことだろう、あの時死んでいれば良かったとな。ふふ、ふはは！　ぐおおおおお!!」

闇の神の断末魔。最後にその口から放たれた言葉は真実なのか。それを確かめる術はもはや無い。

そこにはもう誰もいなかった。

闇の神も、そしてそれを身に宿した男も。その槍さえも粉々に砕け、消滅している。

ルオは静かに口を開いた。

「ゼギウス、俺は後悔などしない。この本を未来に託した男がそうだったようにな」

自らの運命を呪いながらも、決して諦めること無く一冊の本を書き上げた男。

ルオの手の剣は、いつの間にかまた一冊の本に姿を変えている。

戦いの舞台に立つたった一人の男の姿。それは、戦いの勝者が誰なのかを明確に示していた。

静まり返る会場。だが、その静けさはすぐに破られた。

ルオを称える人々の叫びだ。それはまるで、新たな時代の到来を予感させるうねり。

貴賓席を転がり落ちた国王の姿などもう誰も見てはいない。

かつての英雄帝レヴィンがそうだったように、新しい指導者は喝采をもって迎えられる。それは、一つの時代が終わったことを物語っていた。

グレイブはその光景を眺めながら呟いた。

「信じられん……勝ったのか、あの最強の男に。だが、これでこの国は変わる。若き新たな王の手によって」

それを象徴するかのように、天空の太陽はその輝きを取り戻していた。

舞台の上に一人堂々と立つ男は、もはや日陰者ではない。

そんな光景の中で、闘技場を包む歓声はますます大きくなっていった。

エミリアの瞳からはとめどなく涙が溢れている。

「ルオ様……」

「殿下、お行きになられませ。十年間お待ちになったのです、その分たっぷりと甘える権利ぐらいありましょうぞ」

そう言ってグレイブは、勇気づけるように王女の背中を軽く押した。

走り出すエミリア。まるで幼い子供の頃に戻ったかのように、待ち焦がれていた男性の胸に飛び込む。

ルオはそんなエミリアを優しく抱き留める。エミリアがよく知る優しいその瞳で。

「ルオ様。エミリアは、エミリアはずっとお会いしとうございました……お帰りなさいませ、ルオ様！」

「エミリア殿下、貴方は昔から少しも変わらない。それにしても、母に会うなど危険な真似をして」

「お伝えしたかったのです。誰よりもまずオリヴィア様に、貴方のことを」

エミリアの髪を撫でるルオ。

「ありがとう、エミリア」

「ルオ様」

そう言って、もう一度しっかりとルオの胸に身をうずめるエミリア。グレイブはそっと涙をこぼした。

「ようございましたな、姫」

それから間もなく、オリヴィアは十年間会うことが出来なかった息子との再会を果たした。

すっかり痩《や》せた母に歩み寄るルオ。オリヴィアは目の前に立つ息子の姿に、ただ涙を流していた。

「ルオ、本当に貴方なのですね？」

「母上……」

語りたいことは沢山あったであろう。

だが、それよりも互いが傍にいることを確かめ合うように、二人はただ暫くその場で固く抱きしめ合っていた。

エミリアはそれを見つめて涙をこぼし、フレアは二人に背を向けるようにしてそっと涙を流した。

12、賢者が眠る丘

それから半年後——

トレルファス家の当主であるアランは、目の前の光景を呆然と眺めていた。

「まさか……まさか、こんなことが本当に成し遂げられるとは」

それを聞いて、隣に立つ妻のライザが夫を咎めるように言う。

「あら、貴方は疑っておられたのですか？　私は信じていましたわ、ルオ様なら必ずや成し遂げてくださると」

妻のその言葉を聞いて、アランは思わず苦笑する。

いざとなれば、妻の方が遥かに肝が据わっていたのかもしれないと。

彼らがいるのは王宮。そこに集まった大観衆は、一人の男の名を呼んでいる。それは、この国の新しい若き王の名だ。今日は、その若き王の就任式典が行われている。

王国の守護天使と呼ばれる美しい女騎士は、式典を王宮の中から眺めている。

「第五等魔法格の英雄王か」

まさにその存在自体が、この国の閉塞した価値観を打ち壊す象徴。

あの戦いの後、民の間に広がっていく熱狂は結局冷めることは無かった。

その熱は、あっという間に各地に伝播し、その波はもはや誰にも抑え込むことは出来なかった。

国民の支持を失った国王ウィリアムは退位を余儀なくされ、王位継承者であるエミリアはその地位をある人物に託した。

人々の記憶から消えかけても、彼女が片時も忘れたことがなかったその相手に。

ディアナは呟く。

「貴族どもが逆らうにしても、この国最強の男は坊やだ。あの男を倒した坊やに挑もうなんていう気概がある奴がいれば、この国はとっくに変わっていたかもしれないね」

それは自分を含めて、という意味で言った皮肉なのか。

ディアナは笑みを浮かべた。

「ゼギウス・ファルーディア。あんな化け物に挑もうなんていうのは坊やぐらいさ。だからこそ、新たなる時代を切り開く権利が与えられる。かつての英雄帝、初代国王レヴィンのようにね」

一人は魔神を倒し、もう一人はその神具を使ってこの国の支配を目論んだ男を倒した。

まさに、英雄帝の再来。そんな熱狂がこの国を包み込んでいる。

その時――

大歓声が湧き起こる。人々の前に、一人の若者が姿を現したからだ。

彼に王位を託したエミリアと、彼の最も近しい側近に選ばれた美しい赤毛の少女が傍に立っている。

人々は口々に言う。

「何とお美しい」

「ああ、まるで可憐な華だ」

若く凛々しい英雄王。そして、その傍に咲く白と赤の薔薇。

人々の熱狂はますます高まっていく。

ディアナはそんな彼らを眺めながら、新しい時代の到来に笑みを浮かべた。

「新たなる王か。坊や、そのお手並みを拝見するとしようか」

そんなルオの姿を、少し離れた所でジュリアスは眺めていた。

その隣には、新国王の母であるオリヴィアの姿も見える。

「ジュリアス、どうかあの子に力を貸してやってください」

その言葉にジュリアスは首を横に振った。

「母上、俺にはその資格が無い。ただ父上に怯え、ルオを殺そうとした。そして、貴方をあんな場所に閉じ込めてしまった。はじめから俺などいなければ、貴方は……」

それを聞いてオリヴィアは、ジュリアスの手をそっと握った。

「ジュリアス、貴方は馬鹿です。貴方は笑顔をくれたではありませんか？　あの子を奪われ悲しみしかなかった私に、幼い貴方は笑顔をくれた」

「母上……」

「私は貴方がいなければなどと思ったことはありません。あの子も貴方も、私の大切な息子です」

ジュリアスはあの指輪の光を思い出した。

それが目の前にいる彼女の言葉に、嘘が無いことを証明していた。

あの光には、確かに二人の息子への祈りが込められていたのだから。

「誓いましょう母上。この身を新たなる王に捧げると。俺が犯した罪を償うためにも」

ジュリアスは、ふと遠くを見つめた。

(だが、一つ気になることがある。父上が最後に言っていたことは本当なのか？　神具は一つではない。それを操る者も一人ではないと。まさか、他にも父上のように神の力を手にした者がいるとでも……馬鹿な。そんな力を持つ者がいるはずも無い。俺の考えすぎか)

再び湧き上がる大歓声。ジュリアスの不安は、そんな歓声の中に掻き消されていく。

新たなる王の誕生を祝う式典は、数日に渡って盛大にとり行われた。

式典が終わり、日が沈んだ都を代わりに月光が照らし出す。

街はまだ興奮冷めやらぬ様子だ。

国王の執務室にある広いテラス。そこから、そんな街の光景を見つめる男女の姿がある。

新しいこの国の王と、その側近を務めるフレアだ。

式典の為に用意された赤く美しいドレスに身を包んでいる彼女の姿は、ため息が出るほど美しい。

フレアは、煌めくブロンドの髪を靡かせながら街を見つめる少年の横顔を眺めていた。

とても凛々しい少年王。それは新しい時代の象徴だ。

暫くその横顔を眺めてから、フレアは肩をすくめた。

「これで終わったのね。ルオ、貴方は約束通り、全てを手に入れたもの」

フレアの言葉に、ルオが彼女を見つめる。

そして、その右手をフレアに向かって差し出した。

それに動揺したように、瞳を揺らす可憐な少女。

「ルオ、何よいきなり」

「いつもの日課だ。今日はまだだったはずだぞ、たまには夜空の下で踊るのも悪くないさ」

フレアは笑みを浮かべると同意した。

「確かに悪くないわね」

夜の空に浮かぶ銀色の月。その光に照らされて立つ二人。

ルオのリードで静かに踊り始める。

もし、それを眺めている者がいれば、目を奪われ息をのむことだろう。

ルオは踊りながら静かにフレアに言った。

「これで終わりじゃないさ。これからが始まりだ。そうだろう？　フレア」

その言葉に、感慨に浸っていたフレアの目がいつもの眼差しに戻る。

勝ち気で冒険心に溢れた瞳に。

可憐な唇が笑みを浮かべた。そして、力強く見事なステップを踏む。

「そうね、ルオ。ここからだわ、私たちの手でこの国を変えるんだもの」

「ああ、そうだ」

そう言って踊り続ける、若い二人。ルオはフレアを見つめる。

魔力が溶けるように絡み合い、二人の聖印がその額に輝く。

いつものように互いの聖印を触れ合わせる瞬間。

ルオは静かに言った。

「フレア。あの時、お前の魔力を感じた。そして、お前の声もな。あの声のお蔭で俺は勝つことが出来た」

ゼギウスとの戦いの終盤。少女の心の叫びが、ルオの体を赤い魔力で包んだ。

フレアはルオを見つめ返す。

ルオに届いたのは、あの時口をついて出た叫びなのか、それともフレアの心が叫んだ言葉なのか。

二人の額の聖印が触れ合い、互いの魔力が溶けるように高まっていく。

フレアには、いつもよりもその距離が近いように感じられた。

それは心の距離が縮んだからかもしれない。

その唇が触れてしまうような気がして、フレアは思わず目を閉じる。

（ルオ、私……）

月光に照らし出される可憐な少女の姿。全てを許したかのように、ルオの体にその身を委ねている。

額の聖印が鮮やかな赤に輝いたその時——

「あ〜！　何やってるんですか!!」

執務室のテラスにやってきたのは、エミリアの侍女マリナだ。

その後ろからは、エミリアも顔を出す。フレアは慌ててルオから身を離すと、声を上げた。

「か、勘違いしないでよね、マリナ！　これは、違うんだから！」

「どう違うんですか？　破廉恥《はれんち》です！　フレア様、ルオ様から離れてください！」

フレアとルオの間に割って入るマリナ。

現れたエミリアに、フレアは慌てて事情を話す。

「まあ、聖印の力を引き出すために？」

エミリアは納得したようだが、マリナはまだ疑わしげな眼差しでフレアを見ていた。

「だったらエミリア様とも踊ってください。エミリア様ならきっと素敵な聖印が開きますわ。ですよねエミリア様！」

「マ、マリナったら！」

ルオはそれを聞いて少し考えると、真面目な顔で頷いた。

「もともと殿下は魔力の資質が高い。もし望むなら、一から修業をやってみる価値はあるかもしれないな」

「もう！　ルオ様まで……それに殿下はもうやめてください。エミリアと呼んでくださいませ」

マリナは呆れたようにルオを見つめる。

「ルオ様って空気が読めないところがありますよね。一から修業って……私が言いたいのはそういうことじゃありませんから」

「ではどういうことだ？　マリナ」

「知りません、自分で考えてください！」

マリナは月光の下で踊る二人の姿が見たかっただけなのだ。

エミリアは、頬を膨らますマリナを眺めながらクスクスと笑うと、ルオを見つめる。

優しいその顔を見ると、彼女はとても幸せな気持ちになった。

ゼギウスとの戦いの後、その胸に身を寄せて泣く自分を優しく抱き留めてくれたことを思い出す。

あれから半年。オリヴィアやマリナも交えて、穏やかに昔の思い出を話す時間は、エミリアにとって何にも代えがたい宝物となった。

清楚な女神のように美しい少女は、自分がルオと額を合わせて踊っている光景を、思わず頭の中に描く。

そして、その美しい顔を真っ赤に染めた。

（駄目、そんなことをしたら私、どうにかなってしまいます！）

その肩の上では子猫リスのリルが首を傾げてエミリアを見つめている。

エミリアの心に浮かんだ感情が、リルには少し難しいようだ。

そんな中――

「へえ、面白いことを聞いたね。なら私も坊やに踊ってもらうとするか、私の中の何かが目覚めるかもしれない」

そう言って、テラスに姿を現したのはディアナだ。

美しいエルフの女騎士は悪戯っぽく笑う。

彼女はここ数日、エミリアの護衛にあたっている。エミリアを訪れる周辺国からの来客は、ルオに次いで多いのだ。警備も当然厳重になる。

今も護衛中のはずだが、マリナやフレアの言い争う声が聞こえてテラスにやってきたのだろう。

フレアが眉を吊り上げてその前に立つ。

「は？　な、何言ってるの？　大体、ルオのこと坊やって呼ぶのはやめなさいよ。一国の王に対して失礼じゃない？」

「フレア、あんただって『ルオ』なんて呼び捨てにしてるじゃないか。正式な場じゃなければ、そんなこと気にする坊やじゃないだろ？　それとも、そんなに坊やを独り占めしたいのかい？」

「な、何ですって!?」

真っ赤になるフレア。二人をなだめるエミリア。

「わ、分かりました。それなら順番に、皆でルオ様に踊って頂ければいいんですわ！」

顔を赤くしながらも結局エミリアも加わって、順番にルオと踊ることに決めた三人。

マリナが作ったくじを使って順番を決める。

その結果、見事一番手を勝ち取ったディアナが、勝ち誇ったような顔でルオの方を振り返る。

「ふふ、一番手は私だね！　坊やに大人の魅力を教えてあげるよ、エルフ族に伝わる伝統のダンスでね」

ダンスのステップを踏みながら振り返ったその姿は、華麗で艶やかだ。

だが――

「大人の魅力？　何を言ってる、ディアナ」

そこに立っているのはジュリアスだ。

「ちょ、坊やはどうしたんだい？」

「ああ、ルオなら今部屋を出ていったぞ。後は頼むと俺に言ってな。一体何のことだ？」

ディアナは肩をすくめるとジュリアスを睨む。

「……あの朴念仁《ぼくねんじん》め、少しからかってやろうと思ったのにさ。ジュリアス、あんたもあんただよ。何で止めないのさ！」

「お、おい。何で俺が怒られてるんだ？」

ディアナに八つ当たりされて、戸惑っているジュリアス。

少し前ならば考えられない光景に、フレアとエミリアは顔を見合わせると笑った。

「まったく。エミリア様まで置いて、ルオの奴どこに行ったんだか」

「ふふ、心配しなくてもすぐに帰ってきますわ。今はここがルオ様の帰るべき場所ですもの」

それに同意するかのように、子猫リスのリルが一声大きく鳴いた。

◇　◇　◇

それから暫く後、街を見下ろすことが出来る小高い丘の上に、一人の男が立っていた。

手には一冊の本を持っている。

街はようやく穏やかさを取り戻し、人々は眠りにつこうとしていた。

天空には大きな月が昇っている。

ここは、ある男が好きだった場所だ。夜の丘の上で、空を見上げて、誰からも理解されないであろう真理を探究した男。

ルオは、かつてその男も眺めたであろう空を見上げた。

そこにあるのは満天の星。

「なあ、バーレン。あんたは余計なことをするなと笑うかもしれないが。俺はここにあんたの墓を作ろうと思う」

答える者は誰もいない。ただ爽やかな風が丘を駆け抜けていく。

まるで、好きにしろとでも言うかのように。

ルオは、手にした本を見つめながら笑った。

声は聞こえないが、まるで誰かと話をしているかのように、暫くその場に佇む若き国王。そして、朝日が昇る頃には、彼があるべき場所へと帰っていた。

それから程なく、この場所に墓が建てられた。

それは決して華美なものではなかったが、最高の職人が作った白い墓標には新たなる国王の名でこう刻まれていた。

『最高の賢者。我が生涯の友、バーレン・テルフェニルここに眠る』と。

そこには、この国の王が暗闇の中で、十年の時を共に過ごした男の叡智《えいち》への、限りない敬意が込められていた。

そして彼が命じたのか、その白い墓標の前には花が絶えることは無かったという。

かつての英雄帝レヴィン。その再来とも呼ばれる新しい国王の誕生。

希望に満ちたこの国の新たな船出を、その白い墓標は小高い丘の上から静かに見守っていた。

女神の手違いで転生したカズヤは、異世界目掛け、文字通りすっ飛ばされる。獣人の国に落下した彼は、丁度攻め込んできていた帝国の邪竜に衝突しこれを撃破。２億の経験値と、特殊なスキルを手に入れた。危機を脱した獣人たちは、彼こそ伝説の勇者だと言って大喜び。当初はそれを否定するつもりでいたカズヤだが、あまりの歓迎ぶりに中々真実を言い出せない。そんな折、ひょんなことからカズヤは獣人の国の代表として、エルフ随一の剣士と戦うことになる——！

●各定価：本体1200円＋税　●Illustration：クロとブチ

全3巻 好評発売中!

戦闘で役立たずだからと、英雄パーティを追い出された少年、クルト。町で適性検査を受けたところ、戦闘面の適性が、全て最低ランクだと判明する。生計を立てるため、工事や採掘の依頼を受けることになった彼は、ここでも役立たず……と思いきや、八面六臂の大活躍!　実はクルトは、戦闘以外全ての適性が最高ランクだったのだ。しかし当の本人はそのことに気付いておらず、何気ない行動でいろんな人の問題を解決し、果ては町や国家を救うことに――!?

◆各定価：本体1200円＋税　◆Illustration：ゾウノセ

1〜4巻好評発売中!

スキルは見るだけ簡単入手！
SKill Ha MiruDake
Kantan nyuusyu!
〜ローグの冒険譚〜
著 夜夢
YORUMU
匠の技も竜のブレスも
見れば完コピ
&レベルカンスト!?
スキル集めて楽々最強ファンタジー！
幼い頃、盗賊団に両親を攫われて以来、一人で生きてきた少年、ローグ。ある日彼は、森で自称神様という不思議な男の子を助ける。半信半疑のローグだったが、お礼に授かった能力が優れ物。なんと相手のスキルを見るだけで、自分のものに（しかも、最大レベルで）出来てしまうのだ。そんな規格外の力を頼りに、ローグは行方不明の両親捜しの旅に出る。当然、平穏無事といくはずもなく……彼の力に注目した世間から、数々の依頼が舞い込んできて――!?
スキルは見るだけ簡単入手！
〜ローグの冒険譚〜
著 夜夢
身寄りのない少年が【神眼】を授かって世直し旅に出る！
匠の技も竜のブレスも
見れば完コピ
&Lvカンスト!!
◆定価：本体1200円＋税
◆ISBN 978-4-434-27157-1
◆Illustration：天之有

◉ISBN 978-4-434-27265-3

名門貴族の三男・ウィルは、魔法が使えない落ちこぼれ。幼い頃に父に見限られ、亜人の少女たちと別荘で暮らしている。世間では亜人は差別の対象だが、獣人に救われた過去を持つ彼は、自分と対等な存在として接していた。それも周囲からは快く思われておらず、『変わり者』と呼ばれている。そんなウィルも十八歳になり、家の慣わしで領地を貰うのだが……そこは領民が一人もいない劣悪な荒野だった! しかし、親にも隠していた『変換魔法』というチート能力で大地を再生。仲間と共に、辺境に理想の街を築き始める!

◉定価:本体1200円+税　◉ISBN 978-4-434-27159-5

◉Illustration:riritto

この作品に対する皆様のご意見・ご感想をお待ちしております。
おハガキ・お手紙は以下の宛先にお送りください。

【宛先】
〒150-6008 東京都渋谷区恵比寿 4-20-3 恵比寿ｶﾞｰﾃﾞﾝﾌﾟﾚｲｽﾀﾜｰ 8F
（株）アルファポリス　書籍感想係

メールフォームでのご意見・ご感想は右のＱＲコードから、
あるいは以下のワードで検索をかけてください。

アルファポリス　書籍の感想　検索

ご感想はこちらから

本書は、「アルファポリス」（https://www.alphapolis.co.jp/）に掲載されていたものを、
改題・加筆・改稿のうえ書籍化したものです。

魔力《まりょく》が無《な》いと言われたので独学《どくがく》で
最強《さいきょう》無双《むそう》の大賢者《だいけんじゃ》になりました！

雪華慧太（ゆきはなけいた）

2020年 4月 30日初版発行

編集－矢澤達也・宮坂剛
編集長－太田鉄平
発行者－梶本雄介
発行所－株式会社アルファポリス
〒150-6008 東京都渋谷区恵比寿4-20-3 恵比寿ｶﾞｰﾃﾞﾝﾌﾟﾚｲｽﾀﾜｰ8F
TEL 03-6277-1601（営業）　03-6277-1602（編集）
URL https://www.alphapolis.co.jp/
発売元－株式会社星雲社（共同出版社・流通責任出版社）
〒112-0005東京都文京区水道1-3-30
TEL 03-3868-3275
装丁・本文イラスト－ダイエクスト
装丁デザイン－AFTERGLOW
印刷－中央精版印刷株式会社

価格はカバーに表示されてあります。
落丁乱丁の場合はアルファポリスまでご連絡ください。
送料は小社負担でお取り替えします。

ISBN978-4-434-27237-0 C0093